気づけば恋だった。
kidukeba Koi datta.
未衣
mie

Contents 目次

プロローグ … 4

第一章
～はじまりを告げる未来～ … 7

1 … 9
2 … 15
3 … 24
4 … 33
5 … 38
6 … 49

第二章
～動き出す現在(イマ)～ … 57

1 … 58
2 … 64
3 … 78
4 … 87
5 … 96
6 … 104
7 … 125

第三章
～抜け落ちた過去～ … 141

1 … 145
2 … 156
3 … 161
4 … 175
5 … 179
6 … 194
7 … 200

第四章
～果てない過去～ … 207

1 … 208
2 … 215
3 … 222
4 … 243
5 … 253

最終章
～過去(終わり)それは未来(始まり)へと～ … 259

1 … 260
2 … 267
3 … 274
4 … 279

エピローグ … 284

あとがき … 294

プロローグ

キラリ
と、雲が光った気がした。

何気なく空を見上げていたあたしは、光の正体を突き止めたくて、空を仰いだまま、手をかざす。
すると、何かが揺らめきながら落ちてきた。

これ……何?

今、あたしの手の中にあるのは、空から落ちてきた紙飛行機。
誰かが飛ばしたんだろうか?
じっと紙飛行機を見つめると、羽の部分に鉛筆で書かれた文字が見えた。
何だろう……。
あたしは、飛行機を広げて、一枚の紙に戻す。
折れ目のついた紙に書かれていた文字が目に飛び込んできた。

『夏の真ん中
　君を見つけた
　気づけば君に
　恋をしていた――』

何、これ……?

ポエム?
それとも……ラブレター?

今時、こんなことを書く人がいるんだ。
あたしは、ふふと微笑する。

The Characters
人物紹介

名瀬美羽
Nase Miu

ピアノが好きな高校2年生。
長身で人見知りの性格。
新しいクラスになんとなく
なじめないでいたが……。

真瀬侑成 Mase Yusei
陸上部で少しお調子者だが、
実はモテる男子。なぜか
事あるごとに美羽に
絡んでくるのだが……。

琴音 Kotone
美羽の親友。2年になってクラスが分かれてしまった。

遥斗 Haruto
美羽の双子の弟。父親に似てバスケがうまく、姉想い。

kidukeba Koi datta.

笑ってしまったのは、なぜか心が温まったからだ。
あたしもこんなこと、言われてみたい……
と、思ったのかもしれないな。

それにしても、何処(どこ)から降って来たんだろう。
ぐるっとあたりを見回してみるも。
目の前はグラウンドだし、校舎の周りには、葉が生い茂った木々たち。
あたしが今いる所は屋上で。それよりも高い所なんてないのに。

不思議に思いながら、もう一度紙を見る。
習字のお手本のような、綺麗な文字に指を置いて
「ご主人様は誰？」
そっと聞いてみる。

もちろん、答えが返ってくることはなかった。

第一章

〜はじまりを告げる未来〜

記憶の狭間(はざま)で声がする。
それは、遠い遠い……モノクロの世界
ひっそりとした暗闇の中には、ぼやけて滲(にじ)む白い光

「大切な人を……」

あぁ。声がする。

「…………知ってる？」

心地よい、声が。

1

「真瀬〜！」
名前を呼ばれたと思って、振り向いた。
「はい」
「何〜？」
あたしが返事をしたのと低い声が聞こえたのは、同時だった。
「え？」
驚いて声がした方を見る。
「ん？」
彼もそう思ったのだろう。
こちらを向いた男の子と目が合った。
隣の席に座る男の子は、席の前に立つあたしを見上げて、首を傾げて言った。
「……マセっつーの？」
「ううん。ナセ」
「おー。一文字違い」
そう言って、彼はキュッと口角を上げて笑った。
目尻は少し垂れている。
ふと、こういう笑顔を屈託のない笑顔っていうんだろうなぁと思った。
「ナセ……何？」
そう言って、彼が立ち上がる。
見下ろしていたのに、見上げる形になった。
思っていたよりも背が高い。
「名瀬」
名前を言おうとした時だった。
「真瀬！」
男の人の低くて太い声がした。
「真瀬侑成！　早く来い！」
廊下から聞こえていたはずの声は、いつの間にか教室内で響いて

いて、あたしたちは同時にそちらを見た。
そこには、クマのような男の人が立っている。
胸元にポニーのマークがついたポロシャツを着ているけれど、胸板が厚過ぎて、ポニーが牛みたいだ。
この先生、どこかで見たことあるな。
社会科の先生だっけ……。
「え〜。なに？　やっぱ俺？」
「お前しかいないだろ！」
「ナセさんじゃねぇの？　な？」
な？って、言われても。
いえいえ。首を傾げられても。
「な？　じゃない。俺が呼んだのは、真瀬侑成、お前だ」
「マジかよ」
「いいから行くぞ」
「えー」
うんざりとした声を出しながらも、先生について行く彼。
どこへ行くんだろう……
彼らは教室を出て、廊下を歩いて行く。
あたしは廊下側の窓から首を伸ばして、二人の姿を目で追った。
……職員室かな？

「てか。先生が担任？」
「そうだ」
「えー。男？　勘弁してよ」
二人の姿と声が小さくなっていく。
「女の先生にお前は手におえん」
「ひでー」
左手にある階段の方へ曲がろうとした時、彼、真瀬侑成の横顔が見えた。
彼はやっぱり笑っていた。
目を細めて、口角を上げて。

楽しそうに、クマ先生と笑い合っている。
あたしはなぜかその笑顔をずっと見ていた。

＊＊＊＊＊

「いってきまーす」
玄関を開けると春の光が目に入る。
暖かい陽を浴びながら、駅へ向かって歩き出そうとした時
「待って〜」
背後から声がした。
聞こえたのは声だけ。振り返るも姿は見えない。
パタパタとスリッパの音が近づいてきたから
「何〜？」
玄関へ戻って、リビングに向かって声をかけると、片手に何かを持った母親が出てきた。
「忘れ物。はいっ」
「あ。ほんとだ」
定期を忘れていたことに気付いて、伸ばされた手から受け取る。
すると母はにっこり笑って
「忘れ物なんて珍しいね。緊張してる？」
「なんで緊張するのよ」
「だって、今日から二年生でしょ。ママはクラス替えのたびドキドキしてたわ」
「ドキドキなんてしてないよ」
「そう？」
「今日はたまたま。うっかりしてただけ」
「そっか。たまたまね。たまたま」
ママはあたしのセリフを口にして、嬉(うれ)しそうに微笑(ほほえ)んだ。
幸せそうに笑っているママに向かって、
「いってきます！」
それだけ言って家を飛び出た。

「気を付けるのよ！　ちょっとくらい遅れたっていいんだからね～！」
新学期そうそうなんてことを言うんだ。
ママの言葉に呆れながらも、あたしはいつもの電車に乗って、いつもの通学路を歩いた。

校舎が遠くに見えたころ、同じ制服の男女が増え始める。
「おはよ～！」
「おはよ～」
その中に一年の時のクラスメイトを見つけて、挨拶をする。
いつもの通学路。見慣れた正門
気の合う仲間、変わらない制服だったから。
二年になっても、あたしの毎日は変わらない。
今日も変わらない毎日の延長だよ。
そう自分に言い聞かせる。
そんなあたしは、今日から高校二年生になる。
「クラス替えかぁ」
人波を割って、クラス名簿が貼られている掲示板に近づく。
……何組だろう？

この学校は、1組が特進クラス。
2組から6組までが普通クラス。
7組と8組が音楽クラス。
と、3コースに分かれている。
そして、1組から6組までが旧校舎。
7組と8組は防音施設の整った新校舎を使っている。
同じ学校内だけど、旧校舎と新校舎では下駄箱の場所も違うし、もちろん授業内容も全然違う。
接点が全くないので、音楽コースに知り合いはいない。(特進にもいないけど)
1組から6組までの生徒が一斉に掲示板に詰めかけていた。(音

楽コースは、別の場所)
あたしは、普通科に通うごく平凡な女の子だ。
人と違うことといえば……背が高いことくらいかな。
お父さん譲りの長身は、実はコンプレックスだったりする。

「あった」
あたしは２年３組だった。
「２－３」と表示された教室を見つけて、中に入る。
えっと、どこだ。
キョロキョロと首を動かして自分の席を探す。
出席番号順に並べられた新しい席は……、
「ナセ　ナセ　ナセ、ナ……」
机の右上に貼られた小さなネームプレートを確認していくと……
『名瀬』
あった。
教室の中央の列の一番後ろの席だった。(一番前じゃなくてよかった)

ホッとしながら、自分のネームプレートの上に鞄を置いた時だった。
「真瀬！」
そう冒頭の先生が登場したのだ。
「はい」
「何～？」
誰かに呼ばれたと思って、返事をするも、先生に連れて行かれたのは
「マジかよ」
マセ　ユウセイ　と呼ばれた彼だった。
クマのような先生よりも高い身長。
着崩した制服に緩く揺れる明るい髪。
肩幅はあるけれど、痩せ型の彼は

「今年も先生が担任？」
「そうだ」
「二年も男？　勘弁してよ」
初めて会ったあたしにも、クマのような先生にも怯むことなく対等に接してくる。
「人見知り」なんて言葉は、彼の辞書にはないのだろう。そう思わせる人だった。
一年の時のクラスには、あんなタイプの男の子はいなかったなぁ……。
そう思いながら、教室の扉まで歩いていったあたしは、春の日差しに照らされながら廊下を歩く彼の姿をずっと見ていた。
真っ直ぐ歩いて、左手に曲がる。
左手には階段があって、その階段を下りると職員室がある。
彼と先生の姿が見えなくなって。
「変なの」
知らない人をどうしてずっと見ていたんだろ。
自分の行動にそう声を漏らしてから、席についた。

「やった。真瀬と同じクラス」
「ラッキー」
紺色のスクバから教科書を取り出し、机の中に片づけていると、背後から女の子たちの声が聞こえた。
「リカちゃん、悔しがってたよ。真瀬と違うクラスになっちゃったって」
「でも、真瀬なら大丈夫でしょ？　クラスが変わっても仲良くしてくれるって」
初めはその会話の意味が理解できなかったけれど。
「そうだね」
「あたしたちはもっと仲良くなれるかな？」
「抜け駆け?!　ずるーい。きゃはは」
彼女たちの大きすぎる声の内緒話を聞いて、わかった。

真瀬と呼ばれる彼は人気があって、クラスが変わっても仲良くしてくれるくらい社交的な男の子。ということが。
まぁ、人懐っこそうな顔をしていたような気はするけど……。
（ウロオボエでごめんなさい）
そうか。
今時の女子は、あんなのがいいのか。
そうか。
そうか。
…………わからん。
（男の中の男は、白鵬だと思っている）

2

一限目は、始業式。
二限目は、各クラスへ戻り、簡単な自己紹介をすることになった。
「相沢　樹です」
出席番号一番、相沢君から順番に自己紹介をしていく。
ナ行のあたしは、まだ先で。
でも、頭の中で話す内容を考えていた。
一番初めに言うのは、名前でしょ。
それから何を言おう。
今、自己紹介をしている相沢君は「サッカー部です」と言っている。
あたしは部活には入ってない。
帰宅部だから、趣味の話でもする？
てか、あたし趣味なんてあったっけ？
うーん……
と、考えるも思いつかない。
改めて考えると、自分には何も残されていないんだなぁと気づいた。

しょうがないか。
乾いた笑いを漏らした時だった。
「ぐぅ」
隣から不思議な音が聞こえてきた。
え……まさか。
あたしは、冷ややかな目でそちらを見た。
予感が的中してしまった。
隣の席の真瀬侑成が大きな体を半分に折って、机を覆うようにして寝ている。
顔はこちらに向けて、瞼を閉じて気持ちよさそうに。
嘘でしょ……。
あたしは新クラスの自己紹介だけでこんなにドキドキしているのに、この人は緊張なんてしないんだ。
すごいな……。
そう思いながら彼の寝顔を見る。
通った鼻筋に薄い唇。
重力によって流れた緩い髪の先端が右目に入りそう。
視線を落とすと目に入るのは、主張する喉仏。
あたしよりはるかに大きい手のひら。けれど綺麗な長い指。
……整ってるよね。
先ほど見た後ろ姿よりも"男の子"を感じながら。
『真瀬と一緒』
『ラッキー』
彼女たちの言葉を思い出していた。
まぁ客観的に見て"カッコいい"部類だよね……。
あたしがなぞるように彼を見てしまっていたその時、
彼の目がパチッと開いて、奥二重の瞳があたしを捉えて。
口元が動いた。
「……名瀬さんのエッチ」
「ひっ！」
瞬きもせずに口元だけ動かすその映像はまるでホラー映画みたい。

驚きのあまり仰け反ると彼は体を持ち上げてから言った。
「そんなに見ないでよ。恥ずかしいでしょ」
なぜかお姉言葉で。
ブルッと肩を震わす。
どうしてお姉言葉なの?
もしかして……この人……
「……そっちの人?」
今はカミングアウトする時代だもんね。
動揺を悟られないように聞いた。
「は?」
彼が目を見開いた。
「だって、言葉が……お姉さん……」
「お姉さんって、ニューハーフってこと?」
「……え、違うの?」
「な訳ねえじゃん!」
「はっはっはっはっ。俺、おかま扱いされたの初めて」
そう言いながら、彼はお腹を抱えて笑っている。
「名瀬さん、やっぱ天然? おもろー」
あたしは不思議人間として認定されたらしい。
「天然ではありません」
まだお腹を抱えてケタケタと笑っている彼に向かって、きっぱりと否定した時、前から声が飛んできた。
「静かにしろ!」
クマ先生から放たれた声だった。
こ、怖い……。
「え〜。だって、名瀬さんが俺のこと舐めまわすように見るからー」
鬼の形相で見ているクマ先生に対して、真瀬侑成はだるそうに言いかえす。
ほんとこの人、怖いものなしだな。
てか、舐めまわすって……なんて表現をするんだ!

「あたし、舐めまわすようになんて見てません!」
立ち上がり反論するも、クラス中の好奇の目にさらされることとなり、ドッと笑われてしまった。
一気に頬が熱を持つ。
「女の子が舐めまわすとか言うんじゃない」
なぜかクマ先生の顔まで赤くなっていた。

先生、気持ち悪いです……
もー、この人のせいだ。
なんなの、一体!
苛立って視線を戻すと、彼は、余裕しゃくしゃくの顔であたしのことを見ていた。

*****

初日が終わり、下校時間になった。
「なぁちゃ〜ん」
ブンブンと手を振りながら廊下を走ってきたのは、大親友の琴音。
「離れちゃったね!」
琴音は5組だ。
同じクラスになりたかったのに……
「ほんと最悪」
「3組って誰がいたっけ?」
「それがさ。誰もいないの」
「えぇ?!」
仲が良かったグループのメンバーは見事にバラバラになってしまった。
「サチは2組、ユキナは6組でしょ」
「他には?」
「いなーい」
知り合いがいないかとクラスを眺めてみたけれど、そこにいたの

は話したことがない男の子２人と、女の子が１人。
他の女の子はもうすでに輪の中に入っていた。

初日の授業は３限で終わる。
自己紹介が終わり各委員会決めなどをこなした後、あっという間に下校時刻となった。
あたしが今日話した相手は隣の席の男の子、真瀬侑成と呼ばれる彼だけ。
最悪な始まりだ。
あたしは人見知りの上に、友達を作るのがすごく下手で。
高校一年生の時も、中学の途中から親友になった琴音と同じクラスになれたから、他校のサチやユキナとも仲良くなれた。
自分から友達を作る事が今だに難しいと思ってしまうんだ。
　"新学期の初日の今日は、大丈夫。いつも通り。
二年になっても何も変わらないよ。"
そう自分に言い聞かせて、平常心を保ちつつ学校へ来た。
でも、内心は心配でドキドキしていたんだ。
定期を忘れるくらい。それをママに見破られるくらい。
あーぁ。その心配が的中しちゃった。
まさか、みんなバラバラになるなんて。

「なぁちゃん。落ち込み過ぎだって」
「そうかなぁ……」
「友達なんてすぐできるよ」
「そうかなぁ……」
「相手からは声かけにくいかもしれないからさ。なぁちゃんから声かけてみなよ」
ほら、言われた。
　"声かけにくい"って。
サチやユキナからも言われたんだよな。一年の時。
この容姿と、この身長が憎い。

「……うん」
わかったふりをして頷いたけれど、気づけば肩を落としていた。
落とした肩がポンポンと叩かれる。
目を上げると隣の琴音が笑って言った。
「なんくるないさー」
そういえば、春休みに沖縄映画を見たとかいってたな。こんにゃろー。
でも、そんな風に気楽に言ってくれる琴音が大好きで。
「なんくるないさー？」
低音ボイスで返事をしてから
「よし！　帰ろっ！」
気合いを入れるようにそう言った。

なんくるないさ。
なんとかなるさ。
自分にそう言い聞かせながら。

＊＊＊＊＊

次の日からは、通常授業が始まる。
翌日の二限目は、数Ⅱだった。
あたし数学苦手なんだよなぁ……。
また難しくなった問題を見ていると、隣からガタゴトと音がした。
気づけば、彼の机はあたしの机と繋がっていて……
「どうしたの？」
不思議に思って、こっそりと聞く。
「教科書ない。見せて」
悪びれたふうもなくそう言うのは、隣の席の真瀬侑成。
なんだか……
「やだな」
「は？」

うっかり本音を呟いてしまった。
「いや、違うの。真瀬君のことがイヤなんじゃなくて」
「……」
「いや、だから！　ほんとに」
「……」
あっちゃー。しまった……
クラスのアイドルと仲良くなるのは、あまりよろしくない。
まだ友達できてないし。
女の子って、そういうのよく見てるから。
そう思って言っただけなんだけど……
でも、相手を不快にさせる言葉だよね。
「別に。高橋君に見せてもらうわ」
あたしの反論もむなしく彼は唇を尖らせて、そっぽを向いて言った。
高橋君とは、真瀬侑成の右隣の男の子だ。（あたしは左隣）
高橋君は先生から見えないように、机の下でスマホをいじっている。
彼女にメールでも送ってるのかな？
詳しくはわからないけれど、真剣な表情でスマホを見ていた。
高橋君には申し訳ないけど、真瀬侑成とあたしが席をくっつけるよりはいいと思う。
「うん。そっちの方がいいと思うよ」
そうあっさりと言ってのけると彼は目を見開いて言った。
「マジで言ってる？」
「え？」
「男と男が机引っ付けろと？」
「……いいと思いますけど」
「まじかっ!?」
彼の声は大きくて、クラス中の注目を浴びていることに気付いた。
「わかった……わかったから……」
昨日の二の舞いだけは演じたくない。

うろたえたあたしは、ドウドウと彼をなだめて、座らせた。
……子どもか。
「はい」
机と机の間に教科書を開けておくと彼は「どーも」と言って、唇を結んで笑った。
あ、れ。
……何？
その時、グラリと視界が揺れた。
立ちくらみのような
揺れるバスの中にいるような……
波打つ船の上に立っているような……
揺らめくのに途切れる不思議な感覚に陥った。
頭の中がチカチカする。
白い光を放ちながら

『——……』
遠くの方で、何かが聞こえる。
……何？
誰の、声？
…………わからない。
白い白い意識の中。
あたしはその世界の中で、泳ぎ方を忘れた魚みたいに広い海に飲まれていく。
手のかき方も足の使い方もわからず、ただ波に流されていくだけ。
呼吸の仕方はわかるのに、体の使い方がわからないあたしは
このまま泳ぐこともできずに
海の底へ……沈んでいくの？

「………瀬」
誰かの声がする。
「……名瀬？」

目の前に見えるのは、ぼやけている誰かの顔。
「おい、名瀬！」
ガッと肩を持たれて、一度大きく揺すられた。
「どうした？」
目の前には心配そうに目を細めて覗き込む真瀬の顔がある。
「ううん……何でもない」

またた。
あたし、時々、こういうことがある。
ママが知ったら心配するから言えないけど。
久しぶりに陥った感覚に戸惑いながらも心配をかけないように答えた。
でも……怖い……。
なぜあの感覚が戻って来たのかを知りたくて、考える。
あたし、今、何してたっけ？
特に何もしてないはず。
何も変わったことはないのに……
じゃあ、どうして……。
彼を見ながら思考を巡らせていると、あたしの視線に気づいた真瀬侑成がキャーと言って、自分の体を両手で抱きしめた。
「名瀬さんがまたエッチな目で見てるー」
この人といると真面目モードにはなれないみたい。
真剣に考えようとしていたことがバカバカしく思えてきた。
たまたま。
立ちくらみかな？
（座っているから座りくらみ？）
そう自分に言い聞かせて彼を見る。
彼はまだ自分のことを抱きしめている。
「……」
「やだー。その白けた目」
「……不思議な人だね。真瀬侑成」

「わぉ。フルネームで呼び捨て？　初めてだわ」
お姉言葉を使って、ケタケタと肩を震わせて笑ったくせに。
「名瀬さん、おもしれー」
男みたいな声も出す。
いや、男なんだけど。
なんなんだ。この人
じーと見つめる。
「え。いや、マジ。何？」
「やっぱり、わからないな……」
「へ？」
「わからない」
「はい？」
不思議だ。
「？」

3

中休みは5組へ行って。
大好きな琴音と遊んでから教室へ戻ると、体操着姿のクラスメイトが目に飛び込んできた。
そこには、制服姿、体操着姿。半裸の男子たち。
格好は様々だけど、男子ばかりで。
女子の姿はどこにもない。
あたしは焦って、黒板を見た。
やば。三限目、体育だった。
「やっだー。名瀬さん確信犯」
語尾を伸ばしながら誰かが言う。
顔を見なくても誰が言っているのかわかってしまう。
見たくなかったのに、横目に自分の体を抱きしめている真瀬侑成の姿が見えてしまった。

この人、ほんとバカだよね……。
「痴女だわ～。痴女～」
そして、そのお姉言葉なんとかならないの……。
突っ込みたい所は沢山あったけど、あたしは、彼をスルーして。
ロッカーから体操着の袋を取り出し、教室を出て、更衣室へ向かう。
やっぱりクラスに友達が欲しいなぁ。
一人きりになってしまった廊下を歩きながら思った。

＊＊＊＊＊

ピィー。
晴れ渡った青空の下、ホイッスルを吹いたのは担任の先生だ。
今日の体育は陸上。
ウォーミングアップでグラウンドを3周し終えたあたしたち女子は、今、休憩タイムだ。
「男子、集合！」
運動場の砂の上に腰を降ろしていると、先にグラウンドを走り終えた男子たちに集合がかけられた。
今から短距離走のタイムを計るらしい。
彼らは、背の順に並んで、順番に走っていく。
後、4分の1くらいに減ったところで
「次は女子だからなー。準備しておけよー」
先生が言う。
「やだー」
「走りたくなーい」
次々に言うクラスメイトの声に頷いてから、あたしはその場に立ち上がった。
パンパンッと、ジャージについた砂を手で払い落とした時だった。
「待って。次、真瀬」
クラスの誰かがそう言った。

背後から聞こえた声に思わず、手を止めて、顔を上げる。
「真瀬！」
「頑張って！」
同じく立ち止まった女子たちがわっと声を上げた。
「真瀬―！」
彼女たちの声が青い空に高く伸びあがる中、
「よーい」
ピィ―――！
ざわめきに終止符を打つように、ホイッスルがなった。
同じジャージを身につけたクラスの男子たちが一斉に走りだす。
背の順で走ってるからか、みんな背格好が似ていて。
誰が誰だかわからない気がしていたのに――
「真瀬―！」
背後の女の子の声が、自分の心の声と重なって聞こえた。
風に流される明るい茶色の髪が、太陽の光を吸収してキラキラと光っている。
長い手足を自由に操り、軽やかに走る。
彼は、ドンドン速度を上げて、
クラスメイトとの距離を引き離していく。
そして、
真瀬侑成は一番にゴールしてしまった。
「真瀬、10秒56」
記録用紙を持った生徒に向けて言った先生の声がこちらまで聞こえてくる。
10秒台、なんだ……。
早すぎ。
真瀬は、乱れた髪を整えることもなく、額に浮かぶ汗を拭くこともなく
――……満足げに微笑んだ。
バカしかできないと思ったら、こんな顔もするんだ……。
真瀬は後から走って来た友達に小突かれて。

「はえーわ、侑」
「だろ？」
「だろ？じゃねーよ。　ちょっとは手加減しろ」
「するか、バーカ」
「んだと」
嬉しそうに、遊びだす。
いつもの子どもみたいな無邪気な笑顔で。
この人、男の子にも人気なんだ。
明るくて、誰とでもすぐに打ち解ける彼の周りは、笑いが絶えない。
笑顔が溢れている。
そんな彼を
"眩しい"と思った。
「おい。女子、早く来ーい」
その時、大声で先生に呼ばれた。
その声にハッとしたのはあたしだけではないだろう。
「はーい」
立ち止まっていた女の子達が一斉に走り出す。
柔らかな春の日差しの
鮮やかな藍色の空の下で
駆け抜ける彼の姿が目に焼き付いている。
バカだけど……
アホだけど……
運動は得意なんだ……。
ふーん。

「疲れたー」
「二日目から体育なんてありえなくない？」
「ほんとに」
授業が終わり、更衣室へ行くと話が盛り上がっているグループがあった。

声が大きくて、全て筒抜けだ。
楽しそうに話す彼女たちに一年生の頃の自分を重ねてしまう。
琴音、ユキナ、サチ、あたし。
4人でバカなことばっかり話してたなぁ。
友達の片想いの話を聞いたり、応援したり。すごく楽しかった。
想い出がつらつらと出てくる。
一年の頃に戻りたいなぁ……そんなことを思いながら
目の前の彼女たちの話を聞くともなしに聞いていた。
「やっぱ、真瀬って、かっこいいよね」
誰かがしっとりと言った。
よく話題になる人だなぁ。
そう思いながら、スカートのホックに手をかけると
「あたしも思った！ 中学の頃よりかっこよくなってない？」
「わかるー！ 男っぽくなったよね」
次々に会話が飛び交う。
あれが男っぽい？
理解できないな……と思いながらも、中学時代の真瀬を知ってるこの子達は、彼と同じ中学校出身のかな？とも思った。
「走りも速くなった気がする」
「そうだよねー！」
「一年でこんなに変わっちゃうんだね」
「一年っていうか。中三の夏からでしょ？ 真瀬が男っぽくなったのって」
「そうそう」
「急に背が伸びて、モテだしたよね」
「去年はどれくらいモテたんだろ」
「噂(うわさ)では結構告白されてるって、聞いたけど」
「あー、理香から？」
「うん。あたしらにとっては空白の一年だもんね」
え。
「一年間はさ。全然接点なかったもん。うちら」

一年間?
聞こえた声に疑問を持つ。
「ねー。もったいないことしたよね。あんなに頑張ってたのに」
……何のこと?

その時、チャイムが鳴った。
「やばい! 遅れる!」
「早く早くっ!」
彼女たちは着替えを済ませると、さっさと更衣室を出て行く。
「次の授業なんだっけ?」
「生物だよ!」
「うわー。カナゴンじゃん。やばっ。急げー!」
そして、他の子たちも次々と更衣室を後にする。
バタン、と扉が閉まる音がして、あたりを見回す。
気づけば、更衣室に残っているのは、あたしだけになっていた。

＊＊＊＊＊

やっぱり、春は苦手だ。
元々人見知りのあたしは、知らない人と打ち解けなければならない春になると緊張しやすくて。
……疲れやすくて。
だからだと思う。
久しぶりにこの部屋へ来てしまった。
去年、見つけた旧校舎のこの部屋は、あたしの帰りを待っていてくれたようにも感じた。
そこは、同じ学校内でも、先ほどの雑踏が嘘のような気がするほど静かな部屋で。
あたしの好きな場所。
好き過ぎて、あまり立ち寄れない神聖な場所でもある。
放課後になり、あたしは旧校舎の西棟の二階にある誰も使わなく

なったその部屋の前に来ていた。

部屋の前で一度深呼吸をしてから、ドアノブを引いて、室内に入る。
すると沢山の視線を感じた。
バッハ、シューベルト、ベートーベン、モーツァルトなど偉大な音楽家の肖像画が飾られている。
「こんにちは」
あたしは彼らにあいさつをしてから、足を進める。
部屋に入り、窓の近くまで歩く。
閉じた窓から運動部のこもった練習声が聞こえてくる。
少しだけ窓を開けると、カーテンがパタパタと揺れた。
あたしはカーテンのそばにあるグランドピアノの前に置かれた椅子に腰をかけた。
古いグランドピアノは埃を被っていた。
あたしはハンカチを取り出して、鍵盤蓋を撫でるように拭く。
艶のある黒が現れて、ホッとした。
鍵穴が潰れていて鍵がなくてもあいてしまう鍵盤蓋をゆっくりと開けると、白鍵と黒鍵が目に飛び込んできた。
あたしは規則正しく並べられた鍵盤の上に、そっと指を置く。
譜面台には何も置かれていないのに、目と指が楽譜を覚えてる。
鍵盤の上で踊るように遊びだした指にあえて力を込めることはなく、あたしは音はならさず、頭の中で曲を奏でた。
歌いだすのは、変ホ長調の三位一体につながった和音。
ショパンのノクターン。
ピアノが滑らかに歌いだす。
抑揚をつけて、リズムに乗って、弾く手の想いが溢れていく。
遠いどこかの誰かに送るたった一つのラブレターのように。
音はならない。
でも、頭の中で奏でだす。
あたしだけの、ストーリー。

初めてピアノに触れたのは5歳の時だった。
隣に住む5つ上のお姉ちゃんがピアノを弾いていて、それがあたしの家にも聞こえてくる。
遠くから聞こえてくる音色は、綺麗で、心地よくて。
ベランダに出たあたしは、目を閉じて風に乗って届くその音を聴いていた。
そんな日々を繰り返していたある日、ママが言ったんだ。
「ピアノ、弾いてみたい？」
って。
優しく穏やかな声だった。
あたしはママに向かって
「うん！」
元気いっぱい頷いた。
ピアノが弾ける？
あたしにもあの音色を奏でることができるの？
あたしはワクワクしながらピアノを待った。
数日後、届いたピアノは二階の空き部屋に設置された。
あたしは、ピアノに魅了され、毎日弾き続けた。
優しく、力強く
時には悲愴的に、曲を奏でた。

二つで結んだ真っ黒な髪。
動く指先を見るための視界には、時折セーラー服のリボンまでもが入る。
お洒落にも恋にも興味がなかったあたしは、中学生になっても毎日ピアノを弾いていた。
あたしが知りたかったのは、音楽の世界。だたそれだけだった。
「ご飯よ〜」
遠い記憶の中でママの声がする。
「今日はお父さんもいるよ〜。早く降りてらっしゃーい」

あぁ、聞こえるけど。聞きたくない。
まだこの世界から戻りたくない。
あたしはまだ、音の世界にいたいんだ……。
あたしはそう思いながらピアノを弾き続けていた。

休日になると部屋にこもってピアノばかり弾いていたあたし。
その空間が心地よかったんだ。
奏でた曲に意識が研ぎ澄まされていく。
目を閉じても指が動く。
間違えることなんて、ない。
遠い遠い昔の自分がこの曲を作ったのではないのかと錯覚してしまう。
音楽に魂を乗り移らせて、あたしはあたしの全てで音楽を愛した。

あぁ……覚えている。
まだ忘れていない。
音楽に夢中だったあの日々を。ピアノを愛したあの時間を。
音楽室にある古いグランドピアノがとても愛しく思えた。
ピアノを見た瞬間、あの日々が帰ってきてしまったんだ。
あたしの指が、鍵盤の重さを再び感じたいと泣き出して。
薬指が鍵盤を、叩いた。
ポーンと静寂を破るように響いたファの音。
頭の中で紡がれていた音が、耳に届く。
音がする。
耳に心臓に突き刺さるような
聡明で真っ直ぐな―――……
…………音がする。
今日はこれで、満足。

あたしはピアノの蓋を閉じて、それを撫でて、部屋を出た。
また来るね、そう言い残して。

4

二年生になって2週間ほどが過ぎた。
あたしの日常は相変わらず。
学校へ行って、勉強をして。
休み時間になると琴音のクラスの前の廊下でおしゃべりをして帰ってくる。
クラスメイトの中に挨拶(あいさつ)をするくらいの友達はできたけど。
琴音のような存在の友達はまだいなくて……。
どうしたもんかな。
と、思いながらも
『なんくるないさ』
琴音がくれた魔法の言葉を思い出して、日々をやり過ごしていた。

「えー。来週からGW(ゴールデンウィーク)が始まる」
担任の先生が何やら話している。
この話さえ静かに聞いていれば今日の授業はもう終わり。
皆、心のどこかでそう感じているのではないかと思うほど、先生の話に相槌を打つわけでもなく、反論するわけでもなくただ静かに聞いていた。
「みんなも知っていると思うが我が校は、GW明けに校外学習がある」
「そうだっけ？」
「あ、行ったわ。行った。一年の時は、観光だった」
皆思っていた話とは違ったらしく、思い思いのことを話し出す。
あたしもこれから先生が何を言うのだろう……と、興味深く聞いていた。
「二年生が行く所はだな……まぁ、これを見ろ」
そう言って、先生がしおりの束を手に取り、各列に配っていく。

前から送られてきたしおりには『自然体験学習』と書いてある。
その下には、ジャージ姿の男の子と女の子のイラスト。
リュックサックを背負って、山道を歩いている。
もしかして……。
慌ててページをめくると、しおりの二ページ目には、自然体験学習の内容が記されていた。
「や、山登り……」
そして
「川下り？」
「えー。見てわかるように、二年の校外学習は、自然体験学習といって、山に登る。
そして、川下りを体験する」
「えー」
「マジかよ」
「やだーそんなの。観光がいいっ！」
先生の言葉に、思い思いのことを言うクラスメイト達。
皆、批判めいている。
けれど、その言葉を先生はぴしゃりとはねのけた。
「二年生は山だ」
「ひどーいっ！」
みんなブツブツ言いながらしおりを眺める。
あたしもガックリと肩を落としながらしおりを眺めた。
何度読んでも……山登りって書いてある。
山って……。
一体、何が目的で山になんか登るの？

「体力作りだ」
あたしの心の声に、丁度先生が答えた。
はぁ…とため息を吐いた時、横目に机に突っ伏す真瀬侑成の姿が見えた。
また、寝てる……？

じっとその顔を見つめた。
自分の右腕を枕にして、こちらに顔を向けている真瀬侑成。
瞼が閉じられているから、長い睫毛がよく見える。
すやすやと寝息を立てて、子どものように眠っている。
本気で寝てるんだ……。
この人……どうしていつも寝ているんだろ。
先生の話、聞かなくて大丈夫なのかな。
少し心配になったけど、声をかける気にはなれなくて。
あたしは再び、しおりに目を戻す。
しおりには、予定、持ち物、集合時間、集合場所などが書かれていた。
そして、その下に書いてあった文字を見て……固まってしまった。
『当日は、男女3人ずつのグループで行動をする。
秩序ある行動をとるように。』
え？
グループ……？
背筋がひやりとした。
だって、あたし、まだ……

「という訳で。今から班決めだ。男3人、女3人。自由にくっつけー。時間は15分までなぁー」
それだけ言うと先生は、椅子に腰を降ろし、フンフンと鼻歌を歌いながら、窓の外を見る。
そんなっ！　無責任だよ！
クラスメイト達は自由に動き出し、メンバーを決めている。
あたしは……どこのグループに入れてもらおう。
遅れたら、入れないかも。
急がなきゃ。
そう思って立ち上がった時
「うおっ」
隣から変な声がした。

「侑、いつまで寝てんだよ。起きろっ！」
「……ってー。なんだよ……」
「ぼけてんじゃねー。ホラ、班分けだってよ」
「……班分け？」
寝起きの不機嫌そうな表情で、声をかけてきた男の子を見上げる真瀬。
机の前で真瀬を見下ろす彼は、配布されたばかりのしおりを真瀬の目の前に掲げて言った。
「そ。校外学習用の班決め」
真瀬の前に立つ男の子は、二重瞼の目の大きな男の子。
くるりと動く髪は多分だけどパーマでも当たっていそう。
真瀬と同じくらいの身長だけど、真瀬よりも華奢な印象を受ける彼をどこかで見たことがあるような……
あ、そっか。
そこまで考えて気づいた。
彼は「はえーよ、侑」そう言ってタイムランの後、真瀬に絡んできた男の子だ。
その後ろにはもう一人、長身で黒髪の男の子も立っている。
この三人で決まりなのかな？
「真瀬ー」
「一緒の班になろー」
そう言いながら、女の子達が真瀬に近づいてきた。
一人はショートカットの美人さん。
もう一人は、セミロングで、目元を念入りにお化粧をした可愛い人だった。
あたしのクラスには綺麗な人、可愛い人が多い。
化粧っ気のない自分の姿を客観視しながら。みんな女子力が高くてすごいなぁと思う。
って、そんなこと思ってる場合じゃなかった。
あたしもどこかのグループに入れてもらわなきゃっ！
「名瀬さん、一人？」

その時、真横から声がかかった。
えっと。
誰だっけ?
そこには、少し長めの茶色の髪、耳にはピアスをつけた男の子がいた。
シャツのボタンを二つほど外しているから、襟元が崩れている。
だらしなく緩めたネクタイが印象的。
背が高い彼。
端正な顔立ちだとは、思う。
けれど、なんていうか……
軽そう……っていうか。
あまり近寄りたくなかったタイプの人に声をかけられてしまい、
「あ、あの、あたし」
キョロキョロとあたりを見回すも、既にグループは出来上がってきていた。
「俺らのグループの女子一人足りないんだけどー。名瀬さん来るっしょ」
「……え」
来るっしょって、何?
決定事項のような誘い方に戸惑っていると
「アイツ。マジ行きやがった」
「名瀬さん、ふっちゃえー」
彼のグループであろう他の男の子二人が、はやし立てた。
その横には、クラスの中でも派手な女の子の二人組があたしを見てひそひそ話をしている。
……冷たい視線。
……手で覆われて見えない口元。
その光景に胸がチクリと痛んだ。
「名瀬さんが入れば、クラスで一番の美男美女グループの完成なんだけど?」
「バカじゃん。アイツ、ただの名瀬さん狙いのくせに」

「ミエミエだっての。名瀬さんは高嶺(たかね)の花だろ」
野次を飛ばすのは先ほどと同じ、彼以外のグループの男の子たちだ。
もうなんなんだろう、この会話。
こういうのほんとにイヤなんだけど。
「どう？」
再度、そう聞かれて。
あたしは、断ろうと思った。
「……ごめんなさい」
「ごめんなさいって何？　もうどっか決まってんの？」
「そ、それは……」
まだだけど。
他の誰かがあたしなんかをグループに入れてくれるようには見えないんだけど……
もしかしたら、このまま一人かもしれないけど……
それでも、ここのグループに入るよりはいいかなっと思う自分がいて……
でも、それをなんて言えばいいのか。
ううう。
悶(もだ)えながら、言葉を探していると
「名瀬」
背後から声がかかった。
「お前はこっち」
真瀬侑成の声だった。

5

放課後。
あたしは運動部の練習の声を遠くに聞きながら昇降口で琴音のことを待っていた。

今日も一緒に帰る約束をしていたんだ。
ＨＲ(ホームルーム)が終わって、琴音の教室へ行ったがその姿は見当たらず、電話をしても繋がらなかった。
鞄(かばん)は置いてあったから、学校にはいると思う。
でも、姿は見えない……
６限目のＨＲの校外学習の班決めが思ったよりも難航していた。
決まるグループはあっという間に決まったけれど、決まらない所はなかなか決まらなくて。
三組（あたしのクラス）だけが一年の校舎に取り残される形になっていたんだ。
琴音どこに行っちゃったんだろう……。
琴音を探しながら、昇降口まで来てしまったあたしは。
どうしようかな。
このまま、玄関で待っていようかな？
そう思いながら、何気なく外を見る。
空がどんよりとした重い雲を広げていた。
雨……降りそう？
心配になったあたしは、下靴を履いて、昇降口まで出る。
雲の流れも速い。
このまま一気に崩れそうな予感がした。
今にも降り出しそうな空を見て。
折り畳み傘。持ってたっけ？

その場に立ち止まり、鞄の中を確認していると、ポンと肩を叩かれた。
「おつかれ」
「お疲れって……」
振り向くと、真瀬侑成。
彼はやっぱり微笑(ほほえ)んでいる。
「帰んねぇの？」
「帰る。でも、雨降りそうだし、傘あったかなって」

「降ってねーじゃん」
「でも、曇ってる」
「曇ってるけど、降ってない。そういう時は」
「ひゃあ！」
ギュッと手首を掴まれた。
「走れ！」
言って、彼があたしを連れて走り出した。
制服の白いカッターシャツが風を含んで大きく揺れる。
大きな雲は太陽を隠して。
肌寒い空気に薄暗い天気なのに、なぜかあたしの前を走る彼は眩しくて、眩しくて。
息が止まりそうになる。
あたしは彼に手をとられ、もつれそうな足を何とか動かしながら、目の前にある広い背中を必死に追いかけた。
女の子の中じゃ走りは速い方だと思う。
それでも、彼の走りはやっぱり早くて、このまま走り続けるなんて不可能だ。
どう考えてもこのペースで付いて行けるわけがない。
真瀬は走ることを喜んでいるようにも見えるし。
バカだから、あたしの存在を忘れているのかもしれない。

「待って……」
あたしは、切れ切れの声で言ったけれど、彼にはその声が届かないようで。
「待ってって！　真瀬侑成！」
後ろから大声で叫んだ。
「お？」
やっと振り向いた真瀬侑成。
校舎を出て、ひたすら真っ直ぐに走ったあたしたちが止まったのは、ローカル線が通り過ぎたばかりの遮断機の前だった。
「悪い。早かった？」

息一つ乱さず彼が聞く。
あたしは、息を切らせながら言った。
「早いよ！　バカ！」
「……マジで？」
そう言って、真瀬侑成が口角をあげて笑う。
「……なんで笑うのよ？」
繋がっていたままの手を離して、頬を膨らませた。
だって、笑われる理由なんてない。
息はあがっているし、多分、髪は乱れ放題だろう。
全力で走って来たから、スカートもめくり上がっていたかもしれない。
真瀬に引っ張られて走る自分の姿を想像して落胆した時、彼が言った。
「これぐらい余裕だろ？　足、速いんだし」
「速いんだしって……？」
「あー、そっか。えーと……こないだの体育」
「見てたんだ」
「偶然な」
体育の授業はいつもだるくて、適当に走っていたけれど、二年になって初めての授業は、思いっきり走った。
風を受けて、前を見て走り切る。
それは爽快だった。
走りぬく真瀬を見ていたから、その姿に感銘をうけたのかもしれない。
とは、言わないでおいた。

乱れた呼吸が整ってきた頃、あたしはあることを思いだした。
「あ！　琴音！」
「はぁ？」
「あんたのせいだからね！　バカ真瀬！」
そう言いながら、鞄の中からスマホを取り出す。

あ！
琴音からラインが来ていた。
マナーモードにしたままだったから、気づかなかったんだ。
あたしは
——『あんたのせいだからね！』
真瀬にそう言っておきながら、自分の行動を反省していた。
結局は自分が悪い。
真瀬の背中に見惚れて、ここまで走ってきてしまった自分が。
落ち込みながら、スマホの画面を見る。
琴音から送られてきたメールには
『担任に呼ばれてたよー。
なぁちゃん、もう帰ったー？』
と書かれていた。
あぁ。どうしよう。
琴音、探してるかも。
よく見ると、ラインの後に着信も残っている。
そっか。
あたしが返信をしないから、心配してかけてくれたんだ。
あたしは慌てて、琴音に電話をかけ直す。
機械音が耳に届く。
でも、電話はまだ繋がらない。
そんな中
「それにしても。バカ真瀬ってひどくね？」
彼はあたしの言葉をからかって隣で笑っている。
もう！　気楽な人だな！
隣のバカに苛立ちを覚えながら、あたしはスマホを耳に当て、琴音と電話が繋がるのを待っている。
目の前にあった遮断機がゆっくりと下りていく。
『もしもーし』
「あ！　琴音？」
5回のコールの後、電話が繋がった。

「ごめんね！　今どこ？」
『今、教室にいるよー。なぁちゃんこそ、どこにいるの？』
「あたし？　あたしは今」
その時、電車が通り過ぎた。
ゴゴゴと大きな音を立てながら、あたしたちの前を走る。
同時に強風が吹き、スカートを大きく揺らした。あたしはそれを片手で押さえながら、言った。
「ごめんね！　先に帰ってきちゃった！」
『え？　聞こえないよ〜！』
あたしの声は電車の騒音にかき消されてしまったみたい。
琴音の声もはっきりとは聞こえない。
「琴音！　あのね！」
少し待てばいいのに。
焦っていたあたしにはその考えがなくて、声を張り上げた。
喉がいたい。でも大声で話していた。
「あたしねっ！」
そう言った後、手の中にあったスマホがひょいと抜き取られた。
電車が遠く小さくなっていく。
騒音のない世界が帰って来た。
「な、何……？」
あたしは顔を上げて、スマホを取り上げた真瀬に小声で聞いた。
男の人のすることは、よくわからない。
真瀬侑成は、一拍の間を置いてから、あたしのスマホを耳に当て話しだした。
「ごめんね。お友達。今日は俺が連れてきちゃった」
「ちょっと！」
何勝手に話しているの⁈
取り返そうと手を伸ばしたけれど、彼は器用によけて話し続ける。
あたしは女子にしては背が高い方だけど。
真瀬にかなうはずない。
だって、この人、178センチくらいあるんじゃないかな。

「返して！」
「なぁちゃんのこと、ちゃんと送り届けますから。安心してね」
送り届けるってなによ！
頼んでないし！
しかもなぁちゃんって何⁈　馴れ馴れしいから！
「真瀬！　真瀬侑成！」
『え～！　なぁちゃん。真瀬君と一緒にいるの～？』
高い場所から琴音のこもった声が降ってきた。
「いるけど、でも、違う‼」
『明日ちゃんと教えてよ！　じゃあ切るね。バイバァーイ』
琴音は相変わらず、人の話を最後まで聞かずのんきにそう言って
電話を切った。
もう何だろう。
変に思われてないかな。心配になる。
まぁ。琴音のことだから、あまり深くは考えてなさそうだけど。
でも、今日は琴音と帰りたかったのに。
聞いてほしいことがあったのに！
もう真瀬のせいだ！
ギロリと彼を見上げると、そこに彼の笑顔があった。
太陽を背負って、微笑んでいる。
瞬間、言葉を失って、息が止まりそうになる。
屈託のない真瀬侑成の笑顔に釘付けになってしまった。
いつのまにか雲と雲の間から、太陽が顔を出している。
青空の下、微笑む彼をまだ見ていたいと思うのは……
男の人の笑顔を少しだけ可愛いと思うのは……
おかしいかな……
「という訳で。送ります」
迷いのないストレートな言葉を吐く真瀬の声に
あたしは、はぁとため息を吐いてから
「……うん」
頷いた。

やっぱり、空は晴れ上がっていた。

＊＊＊＊＊

ゆるやかな坂道を登って、住宅地を抜けて。
見晴らしのいい堤防沿いを二人で歩く。
海岸沿いの一本道。右手には海が見える。
左手の石段の上には、大きな山法師をシンボルツリーにした家があって。
その隣には犬を飼っている和風の民家。その隣には小さなお店があった。
お店の前の花壇には、ムスカリと水仙。ダッチアイリスも咲いている。
あたしの家の庭にも咲いている花たちと同じ。
でも、色が違う。
品種が違うのかな……。
可愛い花たちに足止めされてしまった。
花壇を見るあたしに気づいた真瀬が立ち止まって。
「……どうした？」
「あ……ごめん」
「これ？」
言って、店の前で揺れている小さな旗を指さした。
そこには「ソフトクリームあります」と書かれた旗が揺れていて。
「ううん」
首を横に振ったのに
「オッケ」
彼はそう言うとお店の中に入っていき、ソフトクリーム片手に帰って来た。
「ほれ」
「い、いいよ！」
「お詫び」

「……お詫びってなんの?」
そうこっそり聞いたら
「勝手に連れて帰ってきたお詫び」
彼は、申し訳なさそうに答える。
「……大丈夫なのに」
困惑した彼の表情にぼそりと答えた。
「じゃ、はい。これでチャラにして」
「……ありがと」
あたしは伸ばされた手からソフトクリームを受け取った。
ソフトクリームは一つしかなくて。
「真瀬は食べないの?」
って聞いたら、
「甘いものはちょっとね」
と答える。
そう言えば……
お父さんも弟も甘いものが苦手って言ってたなぁ。
男の人って、そういうものなのだろうか。

ぺろぺろとソフトクリームを食べながら歩いた。
真瀬は、時々あたしの方を見て、また前を見て、こちらを見て。
なんだか忙しい人だなぁと思った。
春の海はとても静かだ。
岸に近い海面が藍色に染まっている。
ここはテレビに映る海水浴場みたいになることはまずなく、夏でも静かな方だと思う。
あたしは横目に春の海を見ながら、時折、真瀬侑成の視線を感じながら歩いた。
ぽかぽかと暖かい春の午後。
持っていたソフトクリームが垂れそうになって、
「ごめん、ちょっと」
あたしは、彼のシャツを掴んだ。

「ん?」
振り向いた彼に言う。
「座りたい、かも」

あたしが誘ったんだけど。
どうしてこんなことになっているのか不思議。
静まり返った堤防のコンクリートの上に腰をかけて、ソフトクリームを食べるあたしと、その隣に立って静かに海を見る真瀬。
いつもバカばっかりやって。
やたら喋(しゃべ)るか、寝てるか。走ってるか。
真瀬の印象は、とにかくよく動く。
笑う。
みんなに囲まれている。
そんな真瀬しか見たことがなかったから。
こんな風に、波打つ海を見ながら静かに佇(たたず)む彼の横顔は少しだけ特別に見えた。
「……何?」
気づけば、真瀬がこちらを見ていた。
じっと見すぎていたんだろう。
多分、視線を感じたんだ。
「あ! ……食べる?」
あたしは、誤魔化(ごまか)すようにそう言って、手に持っていたソフトクリームを差し出した。
そして、言ってから後悔した。
こんなの誰が食べるんだよ……。
ソフトクリームが溶けだしている。
しかも、この人「甘いのはちょっと」って言ったばかりだった。
「って、いらないよね」
言って、ソフトクリームを下げようとした時だった。
彼の体が傾いて、あたしの体に大きな影がかかる。
彼の髪があたしの右手にあたって。

47

その時、気づいた。
真瀬はあたしが持っているソフトクリームを食べているって。
「あ……」
「あ……あめぇっ」
彼がバッと顔を上げた。
その瞬間、至近距離で視線がぶつかる。
体勢を整えた彼の色素の薄い茶色の瞳の中に、小さくあたしが映っている。
正面から覗(のぞ)き込まれて……トクンと胸が鳴る。
「……っ」
鼓動が発声の邪魔をする。
心臓がキュッと締め付けられて息苦しいのに……
それを心地いいと思ってしまうのは、なぜだろう。

早くこの時間が終わってほしいと思うのに。
……まだ終わりたくない。
あたしの中の誰かが、そう言った気がした。
波音が聞こえる。
視線が逸(そ)らせない。

「名瀬……」
……何?
静かに彼を見つめた。
「たれてる」
「うわあ!」
彼が指差した所を見ると、スカートに白い液体がついていた。
あたし……バカだ。
完全にソフトクリームの存在を忘れてしまっていた。
昔から大好きで、何度も食べているし。
溶けだす時間だってわかっているはずなのに。
「シミになっちゃうかなぁ。……最悪」

ポケットからハンカチを取り出して、それを拭きながら。
思ったことを声に出して言うと、目を細めて真瀬が言った。
「悪かったな」

真瀬のせいじゃないのに……。
そういう意味じゃないのに……。

今日の彼は、別人みたい。
教室で見せる顔とは全然違う真瀬侑成をもっと知りたいと思うのは、おぼろげなベールに覆われた春の陽気のせいなのかもしれない。

6

「ダメだ。これ、どうしようもない」
ソフトクリームは、溶けすぎていた。
柔らかくなったコーンの先からもクリームが流れ出てきて。
あたしは、どうしたらいいのかわからず、取りあえず、スカートにかからないように手を伸ばし遠ざけた。
ベタベタになった手と溶けてしまったソフトクリーム。
これ、どうしたものかな……と悩んでいると、真瀬がそれを取り上げて。
「えっ?」
驚くあたしに目もくれず、自分の口の中に放り込んだ。
彼の一口は大きくて、全部入ってしまう。
「うおっ、甘ぇー。うおー」
そして、食べ終わるともだえ苦しんでいる。
「大丈夫?」
「……うん。ギリ」
全然大丈夫そうじゃないのになぁ。

それでも平気そうな顔をして、でも、苦しそうに笑って
「何年ぶりに食べただろ？　前より甘くなってねぇ？」
悪戯(いたずら)な笑顔を見せる彼。

なんだか……
この人の周りに人が集まる理由がわかる気がする。
彼の側は笑顔になれる。
元気になれる。
キラキラとした海と太陽がよく似合う真瀬は、
いつも眩(まぶ)しかった。

「なぁ。ウミ」
「え？　海？」
「あ？　あぁ？」
「今、海って言わなかった？　浜降りたいの？」
「……あぁ。そうだな。降りるか」
そう言うと、真瀬は、浜辺へ繋(つな)がる堤防沿いの階段を見つけて下っていく。
そこには白い砂浜が広がっていた。
足を落とすと、キュッと砂の音がする。
遠くの方にサーフボードを持った男の人の影が見えた。
人影はそれくらいで。
静まり返った春の海に向かって歩いていく真瀬。
あたしは彼についていき、背後から声をかけた。
「今日は……ありがと」
「何が？」
振り向いて口角を上げた真瀬に向けて、あたしは言った。
「校外学習のグループ。入れてくれて」
「あぁ。あれね」
「本当に困ってたから、助かりました」
あの時、真瀬に

『お前はこっち』
そう言われて、心から安心した。
振り向くと、真瀬の友達は、あたしに向かってピースをしたり。
微笑んでくれたり。
女の子はよろしくねって、言って、握手までしてくれた。

踏み出せなかった一歩を彼が誘導してくれたんだ。
真瀬の友達はみんな温かかった。
真瀬によく似た優しい人たちだ。
彼らのことを思い出していると、真瀬はこちらを見ていた視線を
海へと戻してから、言葉を放つ。
「あれは俺の欲望つーか」
……え？
「……置いときたい……つーか」
彼の背後に立つあたしには、海を見つめる真瀬の表情が見えない
し、呟くような小さな声は、聴きとりにくくて。
あたしは、彼の前に回り込もうとした。
でも真瀬は
「見んな。来んな」
そう言うと、砂を鳴らし歩いて行ってしまう。

真瀬の顔は見えない。
少し距離が開いた。
あたしはその場に立ち止まったまま、彼の背中を見ている。
遠ざかった真瀬が海を見つめながら、言った。
「俺が、あーしたかっただけ」
「……」
「だから、礼なんて言うな」
そう言うと、真瀬はパッと顔のあたりを拭った。
後ろ姿だから何をやっているのか分からない。
でも……耳と少しだけ見えた横顔が紅潮しているように見えた。

「くっそ。恥ずかしっ」
彼はズンズンと海の方へ歩いて行ってしまう。
赤く染まった彼の耳も頬も、あたしには、もう見えない。

あたしは遠くなる彼の背中を見つめた。
離れていくのに、感じるのは温かな体温。
真瀬の背中から、人影から、伝わる確かな熱。
何かに包まれているかのような居心地のよさの中で、あたしは彼から目が離せなくて。
じっとその姿を見つめた。

青空に白い砂浜。
そして、真瀬侑成の後ろ姿。
茶色の髪と白のカッターシャツがどんどん遠くなっていく。
『――……』
あ、れ……？
その時、カクンと音が聞こえた。
あたしの中の何かが外れた気がした。

意識がゆっくりとぼやけていく。
あたしの足元がクラリと揺れて。
頭の中が白みがかっていく……。
足元は地面につかず、ふわりと宙に浮かんでいるような感覚。
波の音が聞こえる。
けれど、その音はどんどん小さくなり、最後は無音になった。
そしてあたしは、白みがかる意識の狭間(はざま)で。
またあの声を聴いた。

『大切な人を………』
……何？
『……知ってる？』

自分の中に誰かがいるような錯覚。
色んな音が耳の奥で混じり合い、脳を麻痺させていく。
意識がぼやけて。
波の音がまた聞こえだして。
あぁ……まただ。
あたしはまた現実の世界と色のない世界を行ったり来たりしていた。
この感覚は、もう自分ではどうにもできないんだ。

時々、誰かがあたしの中に現れては、あたしの意識を支配して。
知らない言葉と映像をあたしの脳裏で何度も繰り返す。
まるで夢でも見ているみたい。
でもそれは、深夜に寝ている時に見る夢ではなく、
起きている時に繰り返される夢。
何度も繰り返されるその言葉と映像は、脳裏にインプットされて。
今は、その言葉まで覚えてしまっている。

ザザーン。
大きな波の音がする。
あたしの意識が現実の世界にひっぱられていく。
白みがかった世界の靄（もや）がとれて、視界が青く色づいて……
また、グラッと体が傾いた。
金縛りが解けたみたい。
あたしは、こちらの世界に戻れた気がして。パンと自分の両頬を叩く。
白みがかった世界が一瞬色を付けて。
意識が戻ったあたしの目に映るのは、青い海と真瀬の広い背中。
白いシャツ。
あぁ……よかった。戻ってこれた。
そう思ったのに……。

でも、そこに見えたのは
真瀬侑成に重なって見える一回り小さな背中、
肩幅、黒い髪。
ゆっくりと振り向いた見知らぬ彼は
『なぁ……ウミ』
こちらを見つめてそう言った。

これは一体なんなの？
あたしの体はどうなったの？
ギュッと右手を握りしめた。
そして、左手にも無理やり力を込めようとした時、足元に力が入らなくて。
あたしはその場にひざまずくように倒れた。

途切れていく意識の中、誰かの顔が視界に映る。
色はなく、輪郭はぼやけていて──
でもたしかに聞こえる。
この声は……
「ウミ！　おい、ウミっ！」
どうしてその名前を呼ぶの？
あたしの名前は──……
「美羽……だよ」
「は？」
「あたしの名前は、名瀬美羽」
あたしは男の人の腕の中で、声を出す。
「わかった。美羽。わかったから……落ち着くまでここにいろ」
その言葉と同時にあたしは彼に抱きしめられた。
長い両腕でぎこちなく、それでいて、砂浜に触れることはないようにしっかりと、あたしは彼に支えられていた。
「……誰？」

54　気づけば恋だった。

声を絞り出していた。
「俺」
「真……瀬？」
「あぁ……」
「真瀬、なの？」
「そうだ。安心しろ」
「……うん」
耳に波の音を感じる。
肌に太陽の熱を感じる。
そして、全てで真瀬侑成を感じて。
「大丈夫だ」
その言葉に安堵したあたしの瞼は自然と閉じていく。

目を閉じるとまた脳裏に映るのは、
いつも見る白みがかった世界。
でも、その世界が
今日、初めて色を付けた。

あたしは、古いピアノの前に座っていて。
耳に届くのは、部屋に響く連なる和音。
きっとピアノを弾き終えたのだろう。
鍵盤から指を下ろしたあたしは、ゆっくりと顔を上げる。
窓際に誰かが立っている。
多分、今は夕方なのだろう。
黄昏が彼の後姿をより濃く映し出す。
彼がゆっくりと振り向いた。
けれど、夕日に照らされているその顔は、逆光でよく見えない――
――……
影になった彼の口元だけが開くのが見えて。
『なぁ。……ウミ』
彼が宙に言葉を放った。

『大切な人を
なくした世界を知ってる?』

この映像は何?
一体……何なの?
「……瀬! おい、名瀬‼」
耳元で声が聞こえる。
心地のよい声が。
「名瀬!」
その声に、ふと記憶が途切れて、目を開ける。
視界に映るのは、あたしのことを覗き込む真瀬の顔。
前髪の隙間から見えるのは、光をためた真瀬の茶色の瞳。
真瀬は、砂浜に膝を立てた格好であたしのことを支えてくれていた。
今、見えるもの全てが
真瀬の顔になって。
あぁ……。現実に帰ってこれた。
そう思い、安心して微笑むと。
「おい。ナ——」
あたしの意識はそこで途切れた——。

その日、あたしが最後に見たものは
何度もあたしの名を呼ぶ——
……真瀬侑成の顔だった。

第二章
～動き出す現在(イマ)～

1

「……だよっ！」
「こら、遥斗。いい加減にしなさい」
「いいから離せよ！」
「遥斗！」
ん……何？　誰の声？
誰かの声が聞こえて、重い瞼を持ち上げた。
うっすらと目を開けると、視界に映し出されたのは、白い天井。
見慣れた桜色のカーテン。
その横には、勉強机。
あれ？　ここ……
あたしの部屋？

自分がベッドに横たわっていることに気づいて、ゆっくりと起き上がる。
……頭が痛い。
痛むこめかみを押さえた時
「なんでだよ！　母さん！」
ドアの向こう側から感情的な声が聞こえた。
ぼんやりとした意識の中でもわかってしまう。
この声は、遥斗。
あたしの弟。
……どうしたの？　遥斗。
そんな声を出すなんて、珍しい……
「ハ……ルト？」
部屋の中からその名を呼ぶと、少し開いていたドアが勢いよく開いて
「……美羽？」
遥斗が部屋に入ってきた。
「どうしたの？」

「……いや」
あたしの前に現れた遥斗はいつも通りの遥斗だった。
180センチ近い身長。
流した黒髪。目尻の切れた茶色の瞳。
右目の下には泣きボクロ。
昔、パパの高校時代の写真を見たことがある。
遥斗は、パパによく似ている。
容姿、性格。
そして、バスケがうまい所も。
（違う所は、髪が黒い所くらいかな？）
そんな遥斗とそっくりなあたしもパパ似。
「大丈夫か？」
「……うん」
あたしたちは、双子だ。
「美羽？　どう？」
遥斗の背後からママが現れた。
160センチないくらいの身長。
目が大きく童顔だからか、いつも若く見られるママ。
優しくて、家族を愛してくれる大好きなママだ。
「ごめんなさい。あたし……」
そこまで言って止めた。
「美羽？」
ママは心配そうにあたしのことを覗（のぞ）き込む。
あたしはママに微笑（ほほえ）んでから、チラッと遥斗を見た。
遥斗は、窓の方を見ている。
窓の外の景色は、もう幕を閉じていた。
少しだけ開いている窓から夜風が吹き込んで、遥斗の髪を流している。
遥斗は興味なさげに今ここにいるけれど、静かにあたしたちの話を聞いていると思う。
そういう人だ。

「遥斗は外で待ってて」
「…んでだよ」
苛立ちすぎて、声が低い。
眉間に皺も寄っちゃってる。

遥斗は、あたしの体調が悪くなると不機嫌になる。
不機嫌なのは、体調不良を嫌がっているからじゃない。
本気で心配してくれているからだ。
あたしちは、パーツパーツはよく似ているのに、性格は全く逆で。
何事にも自信のないあたしと。
何事にも怯むことなくスマートにこなしてしまう遥斗。
そんなあたしの盾になるように遥斗はあたしの傍にいた。
小さな頃からあたしと遥斗は、ずっと一緒だ。
「いいから」
あたしがもう一度念を押すと、遥斗は何も言わずバタンとドアを閉めて出て行ってしまった。

本気で怒らせたのかもしれない。
ずごく心配してくれたのに。
申し訳ない気持ちと戦いながら、閉まったドアを見つめる。
「寒くなってきたね」
そんなあたしたちを尻目にママは開いた窓を閉めている。
あたしはその後ろ姿に声をかけた。
「ママ。あたし……また？」
ママは夜の黒を見つめてから、ゆっくりと振り向いた。
ママには、相手の全てを包み込むような優しさがある。
小さく丸まって身を隠そうとしていたあたしの全てを見透かしてしまいそうで。
時々、記憶が途切れて錯乱状態に陥る今のこの状態をまだ話してはいなかった。
……今までは、大したこともなかったし。

このまま何事もなく消えてくれると思っていたから……
でも、今日は——
話さなきゃいけないと思った。
海で見た映像は、今までよりも濃く、現実味を増して。
ただの幻想や妄想という言葉では、片付けてはいけない気がしたから。
ママは、窓の隣にあるあたしの勉強机の椅子に掛けていたカーディガンを取って。
羽織らせると、そのままベッドに腰を降ろす。

「あたし、どうなったの……？」
もう一度、問うとママはあたしを見つめ微笑んで、頭を撫でてから言った。
「男の子が送ってきてくれたわよ」
「……男の子？」
「そう。夕方、チャイムが鳴って。玄関を開けたら美羽をおぶった汗だくの男の子がいて」
それって…。
ヒヤッとした。それって絶対。
「"どうしたの?!"って、聞くと、その男の子は"すみません。俺の責任です"って言いながら、部屋まで運んでくれたの」
「え、えぇっ？ 真瀬、部屋に入ったの?!」
「一瞬だけよ。美羽をベッドに下ろしたら、心配そうに髪を撫でて。沢山謝って、帰って行った」
「……」
「あ。そうそう。帰り際玄関で、"病院行くなら俺も呼んでください！ おぶっていきますっ！"って言ってたかな」
ママは、真瀬の姿を思い出したのだろうか。
表情を緩めながら話している。
「……うん」
「その時、ちょうど遥斗が帰ってきたから、"何かあったらこの

子におぶわせるから大丈夫よ。ありがとう"って言って、帰って
もらったの」
「……そっか」
心配かけちゃったかな……。真瀬、ごめんね。
真瀬に向けて、心の中で謝った。
無意識に手元にあった布団を握りしめると、ギュッと体を抱きし
められた。
「……ママ?」
温かい腕の中で目を上げる。
目が合うとママは心配そうに見つめて言った。
「よかった……美羽」
「……え」
「帰ってきてくれて……」
「……うん」

コンコン。
と、その時、ドアを叩く音がした。
「入るぞ」
「どうぞ」
ドアの向こう側から聞こえた低い声にママが返事をすると
「美羽? 大丈夫か?」
「……パパ、仕事は?」
パパが現れた。
「早く帰ってきた。お前が倒れたって聞いたから」
「倒れたなんて大げさだよ。ちょっとふらついただけ」
「美羽……」
あたしの声にママが心配そうに目を細める。
「パパもママも、心配しすぎ。海で遊んでたの。そしたら立ちく
らみがして」
「……」
「貧血気味なのかも」

そう言って笑うあたしを二人は何も言わずに見ている。
「……もう心配かけないから、ごめんね」
あたしは二人に謝った。
なんだかそれ以上の言葉が出なかったんだ。
あたしは、ママの手を解いてベッドから降りる。
美羽どこへ行くの？と聞くママに、お水飲んでくる。と答えて階段を下りた。

リビングにある大きなコーナー型のグレーのソファーに遥斗の姿があった。
大きな体をクッションに委ねて、テレビを見ている。
視線を感じたのだろうか。
遥斗がこちらを見て、また視線をテレビに戻した。
あたしは遥斗の隣に座ってテレビを見る。
音楽番組が流れている。
沢山の女の子達が同じような衣装を着て、恋の歌を歌っている。
アイドルになんて興味ないくせに……
たまたまつけたテレビにこれが映っていて。
それをそのまま見ていたんだ。
そう思うと胸が痛む。
遥斗、のけ者にしてごめんね。

「……大丈夫なのか？」
前を見たまま遥斗が聞いてきた。
「……うん。もう大丈夫。ごめんね」
「最近、多いのか？」
「……うん」
「そんな気がしてた」
「え？」
突然の言葉に驚いて遥斗を見ると、遥斗はやっぱり目も合わせずに

「明日から送っていくから」
「いいよ。そんなの」
「朝、勝手に行くなよ」
「……」
あたしの意見は聞かず、一人で決めてしまった。

2

「美羽〜っ！　忘れ物！」
「え！　嘘！」
「はい。お弁当」
「わ。ほんとだ。ありがとう」
「美羽、行くぞ」
翌朝。
先に玄関を出た遥斗があたしの名を呼んだ。
あたしはママからお弁当箱を受け取って、遥斗の後を追うように外へ飛び出した。
「遥斗、ちょっと待って！」

天気は晴れ。
今日も昨日と変わらない暖かい春だ。
「美羽〜遥斗〜。あわてなくていいからねー。ちょっとぐらい遅れたっていいんだからねー」
背後からママののんびりした声がする。いつものセリフだ。
あたしは振り返り、バイバイと手を振った。
ママは、にっこりと微笑んでくれた。

*****

「ねぇ、遥斗」

「何」
何？って言ってくれてるのに、全然こちらを見ない遥斗。
まぁ……これが遥斗の通常運転だけど。
電車の小窓から見えるのは、住宅街。
その上に広がるのは麗らかな春の空。
小さく切り取られた春の空を見上げている遥斗の横顔を見ながら、こんな風に一緒に電車に乗るなんて、どれくらいぶりだろう……と記憶を辿る。
けれど、どの記憶もその答えに当てはまらない。
二人きりで電車に乗ったことなんて……
あれ？　もしかして、ないかもしれない。
まぁ、それもそうだよね。
あたしたち姉弟の高校は別だから。
（中学は家のそばにあるから）

あたしの高校は、自宅の最寄駅から５つ目。
遥斗の高校は乗り換えも含め、９つ先の駅だ。
あたしよりも学校の遠い遥斗は、人混みが嫌いということも手伝って、普段はもっと早い時間の電車に乗っている。
朝練もあるからかなり早かったと思う。
あたしはふと心配になって、聞いた。
「遥斗、この時間で大丈夫なの？」
「あぁ」
「朝練は？　行かないの？」
「当分は、いい」
当分はって……
あたしは困って、遥斗を見上げたけれど、遥斗はまた黙って外を見ている。
遥斗は自分で決めたことを譲らない人だから。
あたしが何を言っても無駄だろうけど。
申し訳ないな……素直にそう思った。

中学時代の遥斗は、バスケ界の新星として、注目を浴び続けてきた。
高校受験前、バスケの強豪校で知られる数々の有名高校から推薦の話が来たほどだ。
あたしはバスケに詳しくないけれど、素人目から見ても遥斗のバスケは飛びぬけてうまかった。
遥斗は、すごい才能を持っているのだと思う。
でも、遥斗はどのスポーツ推薦も受けずに、一般入試を受けてバスケの強豪高校へ入学した。
どうして？
中三の秋、そっと聞くと
「特待生扱いは、うざいから」
そう興味なさげに答えた。
遥斗は頭もいいから。
偏差値の高いバスケ部の強豪校へ入るのは簡単なことだったんだ。

電車が速度を緩めていく。
二つ目の駅に着いた。
電車を降りる人の波が一気に動いて、出入口付近に立っていたあたしは端の方へとよける。
それでも誰かとぶつかりそうで、肩をすくめると遥斗が庇うようにあたしの前に立ってくれた。
「……ありがと」
ぽそりと声を発するも、遥斗は何も言わない。
まぁ、遥斗らしいけど。
そんなことを思いながら
ぼうっと遥斗の肩越しに人の波を見ていると、次々と目が合った。
どの子も女の子ばかりだ。
あぁ。そっか。
やっぱり遥斗は目立つなぁ……。

降りる人の中にも、乗り込む人の中にも頬を染めている女の子がたくさんいる。
「めっちゃカッコいい…」
「芸能人？」
「スタイルもいいし、モデルかも？」
ほら、車内からもちらほらと聞こえてくる。
黄色い声が。

沢山の学生を降ろした電車が、再び動き出した。
スペースに余裕が出来たので、あたしは遥斗と離れるように、反対側の手すりを掴んだ。
けれど、遥斗もこちらにやってくる。
「ねぇ、遥斗」
「何」
そう言うけれど、遥斗はまた外の景色を見ていて、視線を合わせない。
「離れてよ」
「は？」
やっとこちらを見た。
「遥斗といると目立つからイヤだ」
久しぶりだ。こんなに長く一緒にいるなんて。
そして、こんなに女の子の視線を感じるなんて。
……不快感でいっぱいになる。
「目立つのは、お前もだろ」
「……あたしは、普通だし」
「もう自分のこと、普通だと思うのはやめろよ」
グサリと来た。胸の奥の方に。
あたしは人より背が高いだけで。
だからちょっと目立つだけで。
「……普通だもん」
「それ、他の女の前で言ったら殴られんぞ」

「……」
何も言わないあたしを見て、遥斗が言う。
「ほら、ちゃんと見ろ」
車内を見渡せと言わんばかりに、顎をしゃくった遥斗。
恐る恐る後方に視線を向けると
キラキラと目を輝かせてこちらを見ているのは、女の子だけじゃなかった。

＊＊＊＊＊

「いいって！」
「……」
「ねぇ！　遥斗ってば！」
あたしの高校の最寄駅に着くと、遥斗はさっさと電車を降り、ホームに出て行く。
あたしは唖然としてしまった。
一緒に行くって言ってたけど。ただ同じ電車に乗るだけだと思っていたのに。
もしかして、このまま高校まで送るつもりなの？

「遥斗！　ほんとに遅れちゃうよ!?」
あたしは目の前にあったスポーツバッグの紐を掴んで言った。
やっと遥斗が立ち止まって、振り返って
「遅れてもいい。学校まで送る」
「ちょっ」
そして、そのまま行こうとする。
「いいって！」
あたしは掴んでいた紐を後ろからひっぱった。
「おい、美羽」
「ほんとにやめてよ」
「……」

「遥斗！」
人々が忙しげに行き交う駅前の広場で、言い合いをするあたしたちに向けて
「……名瀬？」
誰かの声がかかった。

先に遥斗がそちらを見て、あたしも後から振り返る。
駅前の広場の銅像にもたれかかっていた男の人が姿勢を戻して、あたしたちの所へ歩いてくる。
手に持っていたスマホを制服のポケットに片づけながら。
あたしたちの前に立ったのは
「……真瀬」
真瀬侑成だった。
列車が到着するたびに狭い駅前の広場が人波で埋まっていく。
あたしたちの周りも人々が行き交っている。
けれど、その場所だけ時間が止まったかのようだ。あたしは、なぜかその場から動けなくて。
……力が入らなくて。
持っていた遥斗の布製のスポーツバッグの紐からするりと手が落ちた時、
「待ってた」
真瀬が言った。

一瞬、面食らって、言葉が出なかった。
でも、パッと音を立てて何かが花開くような、不思議な感覚に陥ったのは確か。
待ってたって……あたしを？
そう思うと困惑と恥じらい、色んな感情が混じりあい……
あたしは、なんて言っていいのかわからなくて、真瀬を見つめる。
すると、真瀬は体を半分に折って。
「俺が送ります」

そう言って、真瀬が遥斗に向かって頭を下げた。
なんで遥斗に頭を下げるの？
現状が理解できないけど、理解したくて。頭の中をぐるぐる回転させながらこの状況を見る。
何が起こってるの？
考えてみるも、わからない……。
「真…瀬？」
「送らせてください！」
あたしの声を掻き消すように、真瀬は頭を下げたままもう一度言った。
何なの、これ……
不思議に思って遥斗の方を見る。
遥斗は、うんざりしたというようなため息を吐いてから、真瀬に向けてキッパリと言った。
「もう美羽には近づくな」
もしかして、遥斗……
昨日、あたしが倒れたのは、真瀬のせいだと思ってるんじゃ……
そう思うと背筋がゾクリとした。
だって、それは、すごい勘違いだ。
真瀬は勝手に倒れたあたしを家まで運んでくれただけ。
今も勝手に責任を感じてくれているだけなんだと思う。
……バカだから。
真瀬は正真正銘のバカだから。
だから、送るなんて言うんだ。

「行くぞ、美羽」
真瀬から視線を逸らし、歩き出した遥斗。
あたしは目の前を通った遥斗の腕を掴んで言った。
「違うよ、遥斗！　昨日はあたしが勝手に倒れただけで、真瀬は悪くないんだって」
「……そう言う問題じゃない」

「じゃあ、どういう問題なの？」
「どういうって……」
立ち止まった遥斗は言葉を詰まらせた。
多分、言葉を探しているんだ。
口数が少ない遥斗が自分の気持ちをうまく話せないことはわかっていた。
だからこの質問が遥斗を困らせていることも。
でも、これ以上、真瀬にも遥斗にも迷惑をかけたくない一心だったんだ。
わかって。
「遥斗、ほんとにお願い」
そう言って、見上げた。
「ここからは自分で行ける。遥斗はここまででいいから。早く学校行きなよ」
「……」
「何かあったら連絡するから」
「何かあってからじゃ遅いだろ」
「あ、そうか。何かありそうになったら連絡する」
「……」
「絶対する」
黙り込んでしまった遥斗に再び念を押す。
あたしを見つめる遥斗の目の色が淡く変わる。
「……絶対だな」
駅前の喧騒の中でも
その言葉はしっかりとあたしの耳に届いた。
あたしは遥斗を見つめたまま、頷いた。
「うん。ちゃんと、する」
「……」
「絶対」
しつこいくらい言った。
「わかった」

すると、遥斗が折れてくれた。
頑固な遥斗が折れてくれるなんて思わなかったから、安心して、体の力が抜け落ちそうになる。あたしは自分の足に力を入れてから、ホッとして安堵の息を吐くと
「じゃあ、気をつけて行けよ」
遥斗はそれだけ言って、駅へ向かって足を進めた。

「俺、一度も目、合わせてもらえなかったわ」
小さくなる遥斗の背中を見ながら、隣に立つ真瀬が言う。
「ごめんね。遥斗、ちょっと頑固でさ」
「イヤ別に。あれくらい普通じゃね？」
「そう……かな」
普通じゃないよ……と思いながら、真瀬の横顔を見た。
「俺も妹いるし、わかるかも。手のかかる妹はいつだって心配」
真瀬は、遥斗が歩いた道筋を目で辿りながら言った。
そうなんだ……。真瀬、妹さんいるんだ……。
何かを思い出したかのような優しい表情をした真瀬が"お兄ちゃん"に見えた。

守る物がある人。
そう思うだけで、真瀬がいつもよりも頼もしく見える。
…………と、そこまで考えて気づいた。
「あたし、遥斗の姉なんだけど」
「え?! マジか!!」
「嘘つかないよ。どう見てもあたしの方がお姉さんでしょ」
「どう見てもって。クッ。ははは！」
真瀬はお腹を抱えて笑いだす。
その姿に無性に腹が立って。
「なんで笑うの！」
「だって、お前……」
目尻に涙を溜めて笑う真瀬。

真瀬の言いたいことが伝わってしまった。
……どうせ、遥斗の方がしっかりしてるって言いたいんでしょ。
言われ慣れてるっつーの。
「笑い過ぎだから！　バカ真瀬‼」
笑い声と叫び声があたりに響いていた。

「どう見てもお姉さんだわ、名瀬は」
ひとしきり笑った真瀬は、最後まであたしをバカにして話を締めくくり
「そろそろ行くか。遅れる」
通学路の方を見る。
「……うん」
あたしはまだ納得がいかなかったけど、"遅れるのは嫌だな"そう思い直して頷くと
「ん」
そう言って、真瀬がなぜか手を差し出した。
何？　この手？
差し出された手のひらに戸惑い、凝視すると真瀬が言った。
「鞄、持つ」
「い、いいよ。鞄くらい自分で持てるし」
びっくりした。何言い出すんだ。この人。
「いいから、貸せって」
「ほんとに大丈夫だから！　いこ！」
あたしは、先に歩き出した。真瀬も後からついてくる。
ふと目線を落とすと、自分のスクール鞄が視界に入った。
鞄を持つだなんて……また倒れると思ってるのかな。
これくらいじゃ倒れないよ。
みんな、過保護すぎるよ。
あたし、一人でも……大丈夫だよ。

人一人分くらいの間隔をあけて前後で並んで歩いていたのに、い

つの間にかポケットに手を突っ込んだままの真瀬が、あたしの隣を歩いていた。
細道に入る前の大通りの通学路では、右側には街路樹が並び、左手にはお店が並んでいる。
通学路は同じ制服を着た高校生で溢れているのに、知り合いは一人もいなかった。

人混みだからかな。
昨日は何の気なしに色んな話ができたのに……
さっきまでは笑い合っていたのに……
今は少し変な感じ。
真瀬は、何も話さず歩いている。
だからあたしも何も話さなかった。

目の前の信号が赤になり、立ち止まった。
無意識にため息が出た。
だって、さっきから、真瀬の髪、首、肩、シャツ。
ポケットに突っ込まれた手、制服のズボンが時々見えるんだ。
それらは、前を見ていたら見えないはずなのに……
目が横についてるみたい。

……なんか、ダメだ。
今日のあたし、変だ。
らしくない忙しい感情に疲れてきた。
その思考を遮りたくて、あたしは左側に視線を移す。
視線を映した先には、大きなガラスがあった。
ショウウインドウには、数体のマネキンが飾られている。
そのショウウインドウのガラスには自分の姿が薄く映っていた。
鏡の役割をしてくれる大きな窓ガラスに映る自分を見つめて一度だけ髪を手櫛で梳く。
……長くまっすぐな黒髪をよりストレートにしたくて。

梳かし終えたあたしの瞳がとらえたものは、自分の奥にいる人。
ショウウインドウのガラスに映る二人並んだ真瀬とあたしの絵が、特別な絵のように思えた。
それをスマホの写メで撮っておきたい。
その絵に色を付けて仕上げて、額に入れて飾っておきたい
そう思ったなんて……誰にも言えない。

「なぁ」
大きな窓ガラスに気を取られていると、背後から真瀬の声がした。
ガラス越しに真瀬と目が合って、ドキリとして、慌てて振り向いた。
「な、なに？」
「ちょっと、話があるんだけど」

信号が青になる。
人の波が動いていく。
あたしたちはその場に立ち止まったままで。
同じ制服を着た高校生が不思議そうにあたしたちを見ながら通り過ぎた後、コクンと頷いてから口を開いた。
「うん……何？」
何？と問うたけれど、本当はわかっていた。
真瀬が聞きたいこと。今朝、待っていた理由。
多分だけど、真瀬は昨日のことを聞こうとしているのだと思う。
昨日あたしが意識をなくした理由を聞きたいのだと思った。
鞄を持つと言ったのも何か責任を感じているんじゃないかな……
一瞬、戸惑ったけれど
「真瀬のせいじゃないよ」
それだけはきちんと言わなきゃいけないと思ったあたしは、真っ直ぐに彼を見つめる。
真瀬は視線を落として、目を伏せて、何度か頭を掻いてから、声を発した。

「あのさ」
「なぁちゃあーん」
その時、高くて可愛い声がした。
声が聞こえた方を見ると、そこには手を振る女の子の姿。
色素の薄い茶色の髪をなびかせながら、こちらに向けて走ってくる。
パタパタと音が聞こえそうな走り方は小動物的で可愛い。
会いたかった、琴音だ。
「琴音……」
「おはよー。なぁちゃーん」
笑顔全開で走ってくる親友、琴音の姿に癒される。
今日も可愛い。
あっという間にあたしの隣へ来た琴音は、あれ？と言い、首を傾げてから
「わ。誰かと思ったら、真瀬君……だよね？」
真瀬に向かって声をかける。
琴音、真瀬のこと、知ってるんだ。
他クラスなのに。
真瀬は、誰？と言わんばかりに目を細めて琴音を見下ろす。
「ほら、昨日電話したじゃん！　なぁちゃんのこと勝手に連れて帰ったでしょ？」
「あ……ああ！　昨日の。昨日はごめんな」
「ううん。全然大丈夫だよー。なぁちゃん可愛いもんね。一緒に帰りたくなっちゃったんでしょー」
琴音の辞書には、人見知りという単語がないことは知っていた。
相変わらずのコミュニケーション能力の高さに感心してしまう。
（話している内容は大問題だけど）
真瀬は琴音の質問に「はは」と乾いた笑いを見せてから、あたしの方を向いて。
「友達来たなら、俺行くわ」
先に行こうとする。

「あ、真瀬」
あたしは、思わず呼び止めてしまった。
「ん？」
一度赤になった信号がまた青色に変わっていた。
青信号を背負った真瀬は、片側の口角を持ち上げて振り向いた。
「あの、話は……いいの？」
「んー。じゃあ……放課後」
あたしの掠れた声を聴いた真瀬は、それだけ言って、笑った。
優しい優しい笑顔だった。

「なぁちゃん、あたし、もしかして、邪魔した？」
真瀬が信号を渡り終えると、琴音がこっそり話しかけてきた。
「ううんっ！　全然！」
琴音に気を遣わせてしまったことが申し訳なくて、あたしはいつもよりも声を張って答える。
「うーん。全然って雰囲気じゃないなぁ。昨日も一緒だったんだよね。やっぱり二人きりのほうがいいよね」
琴音はほそほそと独り言を漏らしてから、何か閃いたかのように瞳を輝かせて。
「あ。そうだね！　あたしが先に行くよ！
なぁちゃん、真瀬君と話しておいでよ！」
「いいの、いいの」
興奮気味の琴音をなだめるようにそう言って、あたしは真瀬を見た。
小さくなる真瀬の背中。
カッターシャツは、白色。
海辺で見た時と同じ色だ。
真瀬の周りには同じ制服を着た男の子たちがいっぱいいて、どの子も同じ制服なのに、真瀬のシャツだけ光って見える。

街路樹の緑と太陽を吸収して反射する眩しい白。

その色は、真瀬の色だと思った。
真瀬は白がよく似合う。

そんなことを思いながら、あたしは彼の背中を見つめていた。

3

「この間話した校外学習の件で、話し合ってもらいたいことがある。各班にわかれて、確認、相談して、決定事項をこの紙に書いて提出すること」
その日の6限目。
後、10分足らずで今日の授業も終わりという頃。
教卓に立った担任が言った。
えー！
邪魔くせー！
と、教室のあちらこちらから声が上がるが。
「終わった班から帰ってよし」
担任の付け足した声に生徒たちは一斉に動き出した。
生徒の扱い方を先生はよく知っているなぁ…
と、こっそりと笑った時、隣でバシンと鈍い音がした。
そちらを見ると、真瀬の席の前に立つ男の子の姿。
「おいっ！ 侑！」
「……いってー。……なんだよ。寝かせろよ……竜」
竜と呼ばれた男の子は、真瀬といつも一緒にいる男の子だ。
男の子にしては大きな目が印象的な彼は、真瀬を見下ろし呆れるように言った。
「寝すぎなんだよ、侑は！」
「……うっせー」
休み時間や体育の授業、いつでも彼らは楽しそうに絡み合って遊んでいることが多いのだが、今のように真瀬が寝ている時だけ、

こんな風に言い合っている姿を見る。
「いいから起きろって！」
今日も相変わらず寝ている真瀬を叩き起こす彼を見上げてから、真瀬は困惑したように眉を寄せた。
「……てか、何？　なんで勢ぞろいしてんの？」
竜君の後ろには黒髪の長身の男の子と、ショートカットの綺麗な女の子。
セミロングで目の大きい可愛い女の子が立っている。
「だーかーら！　校外学習の班で決めることがあるんだってよ！」
早く決めねーと帰れねーだろっ！と付け足しながら、彼は真瀬の机の前の空いている椅子に腰かけた。
よく見ると、クラス中が動いていた。
各自、自分の班のリーダー的な存在の人の所へ集まっていき、空いている椅子に腰かけたり、机同士をくっつけて話し合いをしているグループもある。
「名瀬さんも早くっ」
他のグループの様子に気を取られていると、竜君が言った。
その隙にまた机に突っ伏す真瀬。
もしかして……また寝た？
「名瀬さん?!」
「は、ははははいっ‼」

「俺は、竜。霧峰竜。よろしくな」
寝ている真瀬はほっておいて、自己紹介が始まった。
先頭を切ってくれたのは竜君。
グループのメンバーはいつも寝ている真瀬の机に自然と集まってくるけど、竜君がリーダーっぽいな。と思った。
「で、こいつは黒沢楓。楓って名前だけど、男だから」
と、竜君が続けて話した。
「あたしは、小西ひかり。よろしくね」

そう言って、ショートカットの女の子がニコッと笑う。
「あたしは高橋莉子だよー！　名瀬さん仲良くしてね！」
小西さんの隣に座っている女の子が元気いっぱいに言う。
綺麗系で美人な小西さん、女の子らしくてキュートな高橋さん。
男の子だけど、どこか愛らしい竜くん。
未だ一向に話す気配のない黒沢君。
目の前にいる新しい友達（と呼んでいいのかな……）にドキドキしながら
「名瀬美羽です。よろしくお願いします。」
と、挨拶をした。
「よろしくね、名瀬さん」
と、女の子達。
「じゃあ俺は名瀬ちゃん。って呼ぼっと」
と、竜君。
黒沢君は、何も言わない。
「で。知ってると思うけど、こいつは真瀬侑成。寝てばっかでバカだけど、まぁいいヤツだから。仲良くしてやって」
竜君の声にまわりのみんなが頷いた。

あぁ……
ここは、真瀬のことが大好きな人たちが集まり、出来上がったグループなんだなぁ。
そう思うと、強張っていた肩の力が抜けていくような感覚に陥る。
真瀬の良さを知った人たちと一緒にいられる。
居心地がいいな……
隣には、机に突っ伏したままの緩やかなカーブのかかった背中がある。
白いカッターシャツの上からでもよくわかる肩甲骨。
伸ばした腕を枕にして、こちらに顔を向けずに寝ている。
あたしは、そんな背中の横で
「はい」

と、答えた。

あたしたちは寝ている真瀬の横で、話し合いを進めていく。
「とりあえず、山登りをして、上からは船に乗って川を下って行く。下山したら、広場でバーベキューするんだって」
「で。俺らは何を決めるんだっけ？」
「えっとね、山登りのコースの確認とバーベキューに使いたい食材をとりあえず書き出せって書いてある」
小西さんが各班一冊ずつ配られた冊子を読み上げていく。
「そんなの適当でいいんじゃね？」
「うん！　あたしもそう思う！　でも、ウインナーは入れてね！」
人なつっこい笑顔を振りまきながら高橋さんが言った。
「適当でいいと言いながら要望するのが女だよなー」
「女に慣れてるような発言するな」
「まぁ。人並みには」
「……人並みにはって何よ、竜」
「言葉通りだよ」
「何、その言い方。竜のくせに、生意気！」
「んだよ。竜のくせに、とかどういう意味だよ」
「言葉通りだよー」

気づけば、竜君と高橋さんが言い合いをしている。
仲がいいんだろうなこの二人。
そう感じさせる痴話喧嘩だった。
喧嘩をしているけれど、二人の言い合いは、全然怖くなくて。
むしろ可愛くて。ほのぼのしてしまう。
「んだと。高橋。お前の方が生意気だろ。中学の頃から全然変わってねぇ！」
「あたしは変わりました。竜が知らないだけー」
「はぁ？」
「で、決まったの？　希望は、ウインナーのみでいいの？」

ケンカする二人の間に冷静な小西さんの声が入る。
「え?」
「あ」
固まる二人に小西さんがもう一度言った。
「いいの⁈」
つ、強い。
「だ、だめっ！もっと書く‼」
「ほら、高橋はよ言え。次、何？」
「えっとー」
三人はホントに気が合うんだな。
そんな三人の横でぼーとしてる黒沢君、寝ている真瀬。
みんな自由で気楽で。
いい関係だなぁ。

「名瀬さんは何がいい？　好きな物ある？」
そして、時々あたしにも話をふってくれる。
……優しい人たち。
「あたし好き嫌いないからなんでも大丈夫。ありがとう」
そういえば……
この五人が気の知れた仲間なのは雰囲気でわかったけれど、五人はいつから友達なのかな？
ふと気になって、目の前に座る小西さんに聞いた。
「あの、小西さん？」
「ひかりでいーよ。何？」
「ありがと。ひかり。
えっと、みんなはいつから友達なの？　一年の時から一緒とか？」
「一年の時のクラスは違うよ。みんなバラバラ」
「そうなんだ」
ビックリした。
ずっと一緒だと思ってた。
「あたしたち同中なの。中三の時、同じクラスだったんだ」

「へぇ……じゃあ一年の時も同じクラスになりたかったんじゃない？」
こんなに仲良しなんだから。
「うん。そうだね。でも、一年の時、真瀬は音楽科だったしね。一緒のクラスになりたくても絶対なれなかったな」
「え……」
お……んがく科……
「どうしたの？　そんな驚いて。あー、やっぱ見えないよね。こいつがピアノを弾くなんて」
「……うん」
想像したこともなかった。
真瀬がピアノを弾くなんて。

「聞いたこと、ある？」
あたしがそっと聞くと
「ううん。誰もないんじゃないかな。まぁ、音楽科の子らは別だろうけど」
聞いたことがある子もいるんだ……。
思わず、寝ている真瀬の指を見た。
机の上に無造作に投げ出された細くて長い指。
軽く一オクターブ届きそうな大きな手は、どんな音色を奏でるのだろう。
他県からも受験者がいるほどの有名な我が校の音楽科に入るなんて、真瀬は一体、何者なんだろう……。
彼のピアノを聞いてみたいと胸が騒ぎだした時、ふと気づいた。
「でも、どうして……？　二年から普通科にいるの？」
「こいつ、やんちゃでしょ？　一年の三学期に停学くらって普通科に落とされたらしいよ。で、学年一、体格のいい先生のクラスに入れられたらしい」

——『あたしらにとっては空白の一年だもんね』

更衣室で聞いた女の子たちの声。
——『女の先生にお前は手におえん』
進級当初、クマ先生が真瀬に言った言葉。
色んなことを思い出していた。

「音楽科はピアノの授業が多いからさ。授業も物理や生物とかなくて。今色々大変みたいだよ、真瀬」
「……そうなんだ」
——『教科書ない、見せて』
二年になってすぐ真瀬が度々そう言っていたのは、嘘じゃなかったんだ——……。

「どしたのー？　真面目な顔してー」
語尾を伸ばして聞いてくるのは、高橋さん。
「今、ひかりに真瀬がピアノやってたこと聞いて……」
「そうなんだよ！　名瀬さん知らなかったんだー！
真瀬はねー。校内で一番下手くそなピアニスト。
中学の担任からは絶対無理だ。諦めろ！って言われてたのに、奇跡的に受かったの」
「へぇ……」
「ついていくの大変だったんじゃないかなー。でも、真瀬、頑張ってたよね。陸上部もやめて、放課後もずっと練習してたみたい」
「おい。喋りすぎ。プライバシーの侵害だろ」
そう言って、高橋さんのおでこをコツッと叩く竜君。
「痛ーいっ！　竜！　女の子に手をあげるなんて最低！」
「女？　……どこ？」
「ここ‼」
二人が言い合っている。その姿は相変わらず可愛くて、微笑ましいはずなのに。
あたしは心ここにあらず。
色んなことを一度に知って、頭の中が整理できなかったんだ。

84　気づけば恋だった。

「名瀬さん？　大丈夫？」
ひかりの澄んだ瞳があたしを捉えた時
「……ん……」
むくっと起き上がった人。
「侑！　やっと起きたか！」
真瀬は、何度か瞬きをしてから重そうな瞼をこすった。
寝起きの真瀬は無防備で、襟足には少しだけ寝癖のあと。
「……何やってんの？」
「何って。さっき起きた時、説明しただろ？　一瞬で忘れんなよ！」
「え……？　俺、起きた？」
「夢の中の出来事だと思ってやんの」
「真瀬はそんなもんだね」
「うん！　そんなもん！」
竜君の声に女の子たちが次々に言う。
そんな中、黒沢君が黙って真瀬に冊子を渡した。
「校外学習……？　バーベキューの材料？」
冊子に書かれた文字を読み上げた真瀬は
「んなもん、肉だ。肉っ！　肉さえあればいいっ！」
声を張り上げて言う。
寝起きから何言ってんだこの人。
思わず笑いが漏れてしまう。
先ほどまでの心のざわめきが嘘みたいだ。
「牛肉な！　ステーキ肉でもいいぞ！」
一人で騒ぐ真瀬に高橋さんが記録用紙を見せた。
真瀬がその紙を目で追いながら読み上げる。
「バーベキューの材料……
ウインナー、しいたけ、えのき、えりんぎ、まいたけ。って、俺の嫌いなきのこばっかじゃねーか！」
真瀬が立ち上がり、冊子を持ったまま怒ってる。(全然、怖くないけど)

そんな真瀬を見て、みんなでお腹を抱えて笑った。

「とりあえず、これでヨシっと」
高橋さんから受け取った記録用紙を見直した竜君がそう言って席を立つ。
　(ちゃんとお肉も書いたみたいで。真瀬から了解を得たようだ)
「じゃ、先生に出してくる!」
「やったー! 帰れる!」
「一番じゃない? あたしたちのグループ」
高橋さんとひかりが嬉しそうに話している。
そこへ紙を提出し終えた竜君が戻ってきて、言った。
「今日は、みんなで一緒に帰ろうぜ!」
みんなでって……
「みんなでってこの6人で? いいねいいね! 面白そう!
帰りにどっか寄ってこうよ!」
と、高橋さんが言う。
「あたしも今日はバイトないから大丈夫よ」
と、ひかり。
「俺はパス。部活あるし」
と、黒沢君。

(は、初めて声を聴いた!)
あたしは、暇だけど。
皆と帰れるのは嬉しいけど……
「えっと……」
どうしていいのかわからず、そんな声を出してしまった。

それは……
『んーじゃあ……放課後』
今朝、真瀬にそう言われたからだ。
どうしたらいいんだろう?
チラリと横目で隣の席の真瀬を見た。

真瀬と目が合うも、真瀬はすぐ視線を竜君に移して
「俺は、パス」
そう返事をする。
「えー！　まじかよー」
言いながら、あたしを見る竜君。
「名瀬ちゃんは？　一緒に帰れる？」
「あたしは……」
「名瀬もパス」
竜君の質問に真瀬が答えた。

4

「なんだ、アイツ。何、名瀬ちゃんだなんて勝手に呼んでんだよ」
帰り支度を整えたあたしたち。
スクールバッグを手に持ち、一緒に廊下を歩いている。
隣の真瀬はなんだか不機嫌。
さっきからブツブツと独り言を言っている。
「真瀬、どうしたの？」
らしくなくて。
表情を窺うように覗き込むと。
「いや、別に」
顔を逸らす。
変なの。
と、思いながらも、真瀬が変なのは今に始まったことじゃない。
まぁいいかと気にせず隣を歩いた。

一階のホールまで降りてきた。
このまま昇降口へ行って、下駄箱で靴を履きかえて、一緒に帰るんだと思ってた。
昨日みたいに。

でも、ホールから玄関を見た真瀬は立ち止まって言った。
「あ。今帰るとあいつらに会うな」
「あいつらって？」
「竜たち」
「別に大丈夫だけど？」
「あいつらと合流したら、話できなくね？」
そっか……
そうだね。
「……うん」
頷くと、真瀬は数秒悩んでから歩き出した。

真瀬はホールを通って、体育館へと繋がる道を歩く。
あたしは黙って彼についていく。
真瀬は、体育館の前を通り過ぎ、裏庭へ出るための扉を開ける。
扉の向こうには、雑草が生い茂る中庭と、真ん中に伸びる砂利道が見えた。
「……真、瀬？」
どこへ行くの？
不思議に思って声をかけると、彼は振り向いて
「こっち」
と、呼んだ。
ここはもう誰もこない場所のはず。
この道を通る人なんて、校内にはいないと思っていたのに……。
真瀬は迷いなく、裏庭の砂利道を歩いていく。
しばらく歩くと、木々の向こうに旧校舎が見えてきた。

「ここ？」
旧校舎の前で立ち止まった真瀬の横顔に声をかけると、真瀬は「怖い？」と聞いてきた。
夕暮れ時の薄暗い旧校舎、もちろん人影はない。
数年前まで使っていたはずなのに、誰もいない校舎は別の世界の

古物みたいだ。
この色のない切り取られた空間を怖いと思う人もいるだろう。
でも、あたしは……
「怖くない」
だって、ここはあたしの神聖な部屋がある場所だから。
この校舎にある北階段を登れば、大好きなあの部屋が待っている。
校舎に入った真瀬は北階段を登り、迷いなく足を進める。
あたしは彼の後を辿るように歩いた。

「ゆっくり話せるとこって思ったら、ここしか思いつかなかった」
そう言いながら、ドアノブに手をかける真瀬。
扉が開いて見えた世界はあたしの大好きな世界だ。
バッハ、ベートーベン、リスト、ショパン
偉大な作曲家たちがあたしたちを見つめていた。
真瀬もこの場所を知っていたんだ……
そう思うけど、言葉にならなくて。
黙って見上げると彼は微笑みかえしてから、先に部屋へ入っていく。
真瀬は音楽室の前方左側に置かれている黒のグランドピアノの方へ歩いて行く。
この音楽室は西側と東側の全面が窓になっていて、とても日当たりが良い。
ぽかぽかというより
「あっちーな。ここ」
春の音楽室は思った以上にむし暑くて。
真瀬は、グランドピアノの奥にある窓を開けた。
閉じ込められ熱された空気が、窓から出ていく。
代わりに新しい風が外から入り込んで。
「気持ちいいね」
あたしも風に近づいた。

グランドピアノ前まで歩いてきた。
大好きなピアノ……。
愛おしいピアノを撫でようとした時、わっと風が入り込んできた。
突然の強風に髪が流され、視界が陰り、思わず目を瞑る。
顔にかかった髪を指ですくってから目を開けると、窓際の鉄格子を背もたれにして立つ真瀬と目が合った。
息が止まるくらいドキッとしたのに、なぜだか心休まるような不思議な感じもする。

苦しいのに穏やか。
そんな感情があるのだろうか。
彼の少し癖のある緩くうねった茶色の髪が夕日を受けてオレンジ色に光っている。

「名瀬…」
「真瀬…」
互いが声を発したのは同時だった。
二人とも驚いて
「どーぞ」
「いいよ」
って、手を差し出した。
その行動も同じで。
「リンクした？」
「した」
思わず笑顔になる。
真瀬の笑顔には、叶わないけど。
ふはって笑った真瀬は、「気が合うな、俺ら」なんて言いながら、グランドピアノの椅子に腰かけた。

似合わないと思っていた。
真瀬とピアノなんて。

動き回る彼と、静かに佇むピアノ。
それらは正反対のものだと思っていたから、真瀬がピアノを弾くと言われてもピンとこなかったのに……
今は、そうは思わない。

彼は、海で見せた、そして今朝、あたしに見せた優しい優しい目をして、鍵盤蓋に触れる。
「なぁ、知ってる?」
何? と心の中で答える。
「ここの鍵盤蓋の鍵、壊れてんだ」
うん。知ってる。と思った。
でも、真瀬がこちらを見ずにピアノを見ながら話すから、あたしは声を出すのをやめた。

あたしに話しているの?
ピアノに話しているの?
どちらかわからないくらい艶のある黒のピアノを愛おしそうに触る彼。
あたしは彼が作り出す世界を壊したくなかったのかもしれない。
壊れてんだ。
と言いながら鍵盤蓋を開けようとしない真瀬を吸い込まれるように見つめていると。

しばらくして、やっとその目があたしを捉えた。
そして、彼は
「弾く?」
と聞いた。
「……うん、聞きたい」
「違うよ。俺じゃなくて、名瀬」
「……あたし?」
「そ。弾いてよ」

「……」
「聞きたい」
あたしのセリフを彼が言う。
真瀬のピアノを聞きたいのは、あたしの方なのに。
どうして彼は、あたしのピアノを聞きたいと言うの?
どうしてあたしが……ピアノを弾いていたことを知っているの?
答えはわからなかったけれど、真瀬の目尻の切れた茶色の瞳を見ていたら、胸の奥が熱くなった。

「……名瀬?」
何も言わないあたしの真意を探るように真瀬が見る。
真瀬は何か知っているの?
「……昨日、あたし、何か言った?」
何気ない風を装って聞いた。
記憶が途切れているだけで。
昨日のあたしは名瀬に何を話したのだろう。
「ん? 何も?」
そう言って、彼が鍵盤蓋を静かに開ける。
すると黒鍵と白鍵が出てきた。
彼は黒鍵に指を乗せ、右手に力を加える。
ポーンと音楽室に響くのは半音高いレの色。
その後、左手も動かし始める。
彼が紡ぎだした曲は
「ベタだから」
「下手ってか」
「違うよ。ベタ」
『猫ふんじゃった』の曲だった。
右手と左手を使って弾く簡単な楽曲。
「お前にまで下手って言われたのかと思った」
真瀬が笑いながら奏でる『猫ふんじゃった』は、特別うまいとは思わなかったけど、羨ましいとは思った。

真瀬が口角を上げながら、何度も猫を踏みつけていく。
うまくはない。ちょっと雑かな……第一印象そう思ったピアノだった。
でも違う、これは真瀬の弾き方だ。
そう思った時には、真瀬の音に吸い込まれていく自分がいた。

楽しそうな音楽だ。
音符が踊りだしている。
多分、ここはさびれた商店街の路地裏の先にある子どもの来ない公園。
そこに住む野良猫たちの曲だ。
ドラム缶で遊ぶ猫。友達とじゃれる猫。
母親に甘える猫。
一匹じゃなく、数匹の猫がいる。
色んな猫の姿が頭の中を駆け巡っていた。
楽しい、嬉しい
もっと遊びたい！
猫たちがそう言っている気がして、こちらまで楽しくなる。
真瀬の音楽には、想像力をかきたてられる。
独自にアレンジされた楽曲は、真瀬の歌に変換されて、聞き手に伝わってくる。
楽しい。
その風景を楽しむあたしはいつの間にか目を閉じて、彼の音を聞いていた。
音色に酔いしれていると
「弾く？」
何度も猫を踏みつけた後、また彼が言った。
「え……」
「名瀬のピアノ、聞かせてよ」

多分、昨日のあたしは色々話したんだろうな。

…………忘れているだけで。
だって、真瀬。
さっきからあたしがピアノ弾きだったことを知っているかのように話している。
ピアノを弾かない人に
「聞かせてよ」
とは……言わないもの。

ごめんね、真瀬。
ごめんね…………あたし。
昨日あたしが見たものは、夢だったのかな。

もう二度と届かない、叶わない
そんな夢を見ていたのかな……
ピアノを弾く自分の姿を夢に見るなんて……
もう諦めたと思っていたのに……
諦められたと思っていたのに……
二度と間違った夢を見ないように
現実を自分自身に突きつけるようにあたしは静かに言葉を放った。
「あたし、もう……弾けないんだ」

音楽が鳴りやんだ。
それでもまだ聞こえてくるのは、防音部屋に反響した音符の声たち。
「……は？」
彼の指が、鍵盤から落ちて、目が、大きく見開かれる。
あたしは自分の顔の横に左手を掲げて言った。
「これ…動かなくてさ」
グーパーと手のひらを閉じたり、開いたりしてみる。
形を変えるのは親指と人差し指と中指のみ。
あたしの薬指と小指は、今日も立ったまま。

「……左手の小指と薬指が動かないの」
今まで家族と唯一の親友琴音にしか話せなかった事実をどうして彼に話しているのだろう。
自分でもわからなかったけれど、スルスルと口から言葉が漏れていた。
真瀬をじっと見つめると、彼がゆっくり立ち上がって
「……いつから？」
聞いたことのない低くて悲しい声を出す。

降り注ぐオレンジ色の日差しも
遠くから聞こえてくる野球部の声も
風を含んで揺れるカーテンの音だって
全てこの世界の物なのに
今のあたしにとって、それは全て無意味に思えた。
「それもはっきり覚えてないの」
「……え？」
「中三の秋には、動かなくなってた」
「……どういう…こと？」
真瀬が一歩、近づいた。
彼との距離が近くなる。
「あたし、昨日倒れたでしょ？」
「……あぁ」
「多分、あんな風に……なんだと思う。」
「……え？」
「あたしね。初めて記憶をなくしたのが中三の夏だった」
思い出す。
白いワンピースを着て、髪は両耳の下で二つ結び。
幼い中学生だったあたしは……初めて、記憶をなくした。
そのまま……記憶が戻らなかったあたしは……
「その夏、あたしは行方不明になったの」

行方不明になった期間は二週間。
もちろん、その時間に何があったのかあたしは全く覚えていない。
あたしは自分自身に関する全ての記憶をなくし、中三の夏の二週間「名瀬美羽」は、この世からいなくなった。
「で……どうなった？」
真瀬が静かに聞く。
目が合わせられなくて、俯き加減で答えた。
「二週間後、知らない街で見つかったらしい。
その時、あたしの左腕はボロボロで。
指が折れてた。
それから、二度と動かない」
——『早く帰って来た。倒れたって聞いたから』
——『よかった……。帰ってきてくれて』
——『送る。一人で行くなよ』
家族が必要以上にあたしのことを心配するのは、
あたしの過去にぽっかりと空いた空白の時間があるからだ。

「ごめん。脱線しちゃったね…。
あたしが言いたかったことは、昨日みたいに倒れたのは、初めてじゃないから。だから、真瀬のせいじゃないからって……こと」
だから、責任を感じたりしないで。
と、最後にそう言いたかったけれど、驚きのあまり声も出ない様子の真瀬に、これ以上話すことができずに口を噤んだ。
真瀬は小さな頭を落とした。
項垂れた真瀬がそれ以上、あたしに近づくことはなかった。

5

他愛もない会話を積み重ねた昨日の帰り道とはうってかわって、
あれから真瀬は何も話さなかった。

ひどいよね。
だから言ったのに。
送らなくていいって。

真瀬の辛(つら)そうな顔を見ていたら、あたしがすごく可哀想な子に思えてくるじゃないか。
重い沈黙に耐えられなくなったあたしは平気なふりをして、
昨日ソフトクリームを買ってもらったお礼にジュースでも買うって言ったら、大丈夫って言われて。
じゃあコーヒーにするって言ったら、いいよって、断られた。
話した会話はそれだけだ。
どんどん惨(みじ)めになってくる。
言わなきゃ、よかった……。

どうしてだろう。
真瀬ならどんなあたしでも受け入れてくれると思ったんだ。
あたしの中にいる小さなあたしが彼には話していいよ。と、素直に言ったのに。
自分の直感なんて信じちゃいけないね。
あたしはずっと人との関係を遮断して、音楽だけを愛して生きてきたんだから。
人を見る目なんて、育ってはいなかったのに……。
玄関に着いた時、やっと真瀬があたしを見た。
真瀬の瞳に映るあたしが髪を二つに結んだ中学時代の自分に見えた気がした。

「真瀬、ありがと」
「……うん」
「それと、ごめんなさい」
「え？」

「変なこと言っちゃって」
「……変って」
「さっき言ったこと、全部ウソだから。真瀬が驚くかなって思って、悪戯したの」
「……」
「だから、忘れて。…バイバイ」
それだけ言って、扉を閉めた。
「お、おいっ！　名瀬！」
玄関の内側にいるのに、先ほどよりもはっきりと聞こえるのはくぐもった真瀬の声。
「悪いっ！　俺、そういうつもりじゃ……」
扉を挟んだ向こう側で、彼は必死になにかを喋っている。
でも、……何も聞きたくない。
あたしは両手で耳を塞いで
「帰って」
それだけ言うと、玄関から離れて自室へ戻った。

二階の窓から外を見ると、何度も振り返りながら去る真瀬の姿があった。
遠ざかる背中。聞こえない足音。
角を曲がる前、真瀬はもう一度振り向いて立ち止まり、じっと家の玄関を見つめる。
あたしはそんな彼に向けて
「……バイバイ」
と、呟いた。
その声が聞こえたかのように、真瀬は肩を落として帰って行った。
真瀬の白が見えなくなって、あたしはへなへなと絨毯の上に座り込んだ。

今、目の前にある物は部屋の壁で。
壁紙しか見えないはずなのに……

今、あたしが見ているものは。
光を…色を…なくした空虚な真瀬の瞳。
動かない指と記憶をなくした現実。
それらを告げた瞬間、彼を取り巻く空気の温度は変わってしまった。

引かれたかな……
気持ち悪いって……
思われたかもしれない。
そう思うだけで、どうしようもなく胸が苦しい。
涙が……零れ落ちそうになる。

でも、あたしは目尻に溜まった涙を落とさないように上を向いた。
泣かない。
泣きたくない。
溢れてきそうな涙をこらえながら、一階へ降りた。
洗面所に入って蛇口をひねると、勢いよく水が流れ出てくる。
あたしはその冷たい水を掌ですくって顔にかける。
悲しみが洗い流れるかのように、時間をかけて何度も洗い続けた。

その時、ガチャリと玄関が開く音がした。
「ただいまー。あー重たかった」
この声は、ママだ。
「美羽？」
流れっぱなしの水道水の音が玄関まで届いていたのだろう。
玄関をあがったママが洗面所に近づいてくる。
あたしは、蛇口をひねって、洗面所から顔を出し「おかえり」と笑顔で出迎えた。
「どうしたの？　顔なんか洗っちゃって」
「新しいリップ試してみたんだけど、似合わなくて。とってた」
「何色？」

「えっと……紫？」
「それは似合わないね」
ふふと笑いながら台所へ向かうママ。
何を話しても受け止めてくれる。
多分、この会話も嘘だってわかっているのに付き合ってくれている。
ママってそういう人。
ママの笑顔と優しさに、悲しみが飛んでいきそうだ。
真瀬のことを思うとまだ少し胸がチクチクと痛むけれど、ママの側にいれば大丈夫な気がしてきた。

あたしはダイニングテーブルに座って、スーパーの袋から野菜や果物を取り出して、冷蔵庫に片づけるママを見ていた。
ママは、若くしてプロバスケットボール選手のパパと結婚した。
パパは背が高く、容姿も整っていて、芸能人よりもかっこいいなんてよく言われている。
チームのスポンサーになってくれた企業のCMに起用されたり、駅前には大きなポスターが貼られたり。
バスケットを広く浸透させようとしているバスケ業界は、パパをよくメディアに出した。
そんなことが数年続き、パパは引退して、監督になっている今も有名人だ。
鋭い目つきでボールを追うパパのCMは、子どもの目から見てもカッコいいと思った。
そんなパパのことを『特別な選ばれし人』だとママはいつも言っている。
その分、背負う物も大きいと。
あたしには、ママの言っている意味がよくわからなかったけれど、パパとママの愛は普遍的で。絶対で。
揺るがない愛の形を見ていると、あたしもいつか、誰かとなんて、叶いそうにもない夢を抱いてしまう。

ずっとお父さんに愛され続けているお母さんの日常は、満ちていて。
毎日、幸せそうだ。

「今日のご飯、何?」
「今日は、ハンバーグよー」
ママの声にふと、思った。
「遥斗の好物だから?」
ママは、イエスともノーとも言わず、微笑みながら冷蔵庫に食料を入れる。
今日、あたしのことを送って行った遥斗へのママなりの感謝の気持ちなんだと思う。
それを言葉にすれば、あたしが気にするかもしれないから。
ママは笑って流すだけ。
温かいなぁと思う。
あたしは自分の家族が大好きだ。
「美羽はどうだった? 今日、変わったことあった?」
片付け終えたママが台所から聞いてきた。
「ううん。いつも通り。何もなかった」
「そう……」
ママは目を細め、安心したように声を漏らす。
でも、あたしは……
夕暮れ時の音楽室であったことを思い出しそうになり、ギュッと目を瞑った。
真瀬のことはもう考えない。
そう……決めたんだ。

脳内に住み着いている彼を無理やり追い出して前を見ると、ママはあたし用のマグカップに大好きなココアを注いでくれていた。
それを机の上に置くと対面に座って。
「はい」

「ありがと」
ココアに口をつける。
温かくて美味しい。
いつもよりも甘く感じる。
「ママね、今日、ずっと考えてたんだけどね……」
「…何?」
あたしはマグを包むようにして持って、話し始めたママの顔を見た。
「美羽が記憶を失ったのは……、中学三年生の夏……だったよね?」
「…うん」
いつしか家族内で暗黙の了解のようになっていた。
あたしがいなくなった夏のことにはなるべく触れず、何事もなかったかのように過ごそうと。
だから、こんなにもはっきりとママがこのことを話すのは、珍しくて。
あたしは、視線を落としながら答えた。
「あれからはずっと、何もなかったじゃない?」
「…うん。そうだね」
「それなのに……高校生になってからも、また記憶が途切れるんだよね?」
「…うん」
本気で心配してくれている。
「それっていつから?」
答えなきゃ、と思った。
いつまでも親に心配ばかりかけていちゃいけない。
あたしは、ママの目をじっと見つめて、言った。
「高1の三学期から…」
「そう……。それって、なにかきっかけがあった?」
きっかけ?
「何か美羽の周りで、変わったことは起きなかった?」

思い出す。
あれは、2か月前の3月。
一年生が終わろうとしていた頃。
親友の琴音がインフルエンザで学校を一週間、休んだ。
当時のクラスには、琴音の他に友達と呼べる女の子が二人いたけれど、あたしの心はどこか落ち着かず。
放課後、一人で屋上へ行ったんだ。
その時、空が光った気がした。
見上げると、何かがひらひらと落ちてくる。
あたしの手の中に落ちたそれは紙飛行機の形に折られた一枚のルーズリーフ。
飛行機の羽部分にうっすらと文字が見えて、開けると
中には三行だけ書かれた文章があった。
あたしは、丁寧に書かれた文字を指でなぞってから
『ご主人様は誰？』
そう……聞いたんだっけ？
ご主人様が見つからなかったその紙は、小さく折りたたまれて、今もあたしの生徒手帳の中にある。

たまたまかもしれないけれど。
あの手紙を拾った日から、あたしの意識は揺らめきだして。
立ちくらみがしたり、夢のような別世界の出来事を見るようになったんd。
あれからあたしは———。
雲の上を歩いているような不思議な世界の中を生きている。

「多分……これかな」
そう言って、生徒手帳に挟んでいた四つ折りの紙をママに見せた。
「見ていいの？」と聞かれて
「中はダメ」と答える。

103

「どうして？」
「多分、ラブレターだから」
「へぇ……」
「誰かが誰かに送ったんだと思う。でも、間違ってあたしの所へ来ちゃった。すごく丁寧に書いてあるの。大切な人に送りたかったんじゃないかな？」
「そう」
「だからもし、持ち主がわかったら渡さなきゃいけないと思って。ずっと持ってる」
「そっか……」
ママは、頷いて。
「その手紙がどんなきっかけをくれたのかは、わからないけど。美羽の意識が動き出したっていうことは、準備ができたっていうことなのかもしれないね？」
「……準備って？」
「過去を思い出す準備」
「……」
「多分、その紙は、美羽のお守りになってくれるはず」
そう言って、ママが紙の上に手を置いた。
右手の上に左手を乗せて。
祈りを込めているママ。
ママの熱と想いが紙に届いていくような不思議な光景だった。
目を閉じていたママは、数秒後、目を開いて言った。
「美羽を守って」

6

「疲れたー」
山のふもとに到着したバスから降りて、ぐーっと伸びをした。
「結構長かったね」

「ほんと」
隣にいるジャージ姿のひかりの声に頷く。
今日は校外学習当日だ。
都心から離れた山のふもとは、青い空がどこまでも続き、空気が美味しい。
目を上げると、山の上に山が重なり、鳥たちが気持ちよさそうに羽を広げている。
遠かったけど、来てよかったな。
「最低！ あたしの肩に竜のよだれついてるし！」
「どこだよ。ついてねえって」
爽やかな景色を見ていると背後から声がした。
振り向くと、言い合いをしながらバスから降りてくるのは、竜君と高橋さんだ。
「ついてるよ！ ほら見てよここ！」
「どこにもついてねえわ！」
そういえば……
隣同士に座った二人は、いつの間にか互いの頭を寄せるようにして寝ていたっけ？
バス内は、同じグループが固まって乗る決まりで。
男３人女３人の男女６人のグループでは、誰かが男女ペアで座らなくてはいけない。
どうしようか……と困っていた所を高橋さんと竜君の二人が一緒に座ってくれたんだ。（あたしの隣はひかり。真瀬の隣は黒沢君）
二人は仲良しだから大丈夫だと思っていたけど。
やっぱり嫌だったのかな？
高橋さんはひかりと仲良しだから、ひかりと座りたかった？
『じゃあ、あたし。竜と座るよ！』
乗車前、そう言ってくれた高橋さんの言葉にあっさり甘えてしまった自分を反省して
「帰りはあたしが黒沢君と座るよ」
と言う。

そして、バスから降りたばかりの黒沢君に
「帰りのバス、一緒に座ってもらえる？」
と聞くと
「いいよ」
の返事が返ってきた。
「なんで黒沢なんだよ」
黒沢君の隣に立つ真瀬が低い声で言った。
顔をしかめて、眉根を寄せている。
すごく不機嫌そうだ。
あたしは……スッと視線を逸らした。
あの日から、真瀬とは話をしていない。
何度か真瀬は話しかけてくれたけど、偶然ひかりや高橋さんに呼ばれたり、担任に呼ばれたり、読書中で気づかなかったりして。
(嘘だけど)
あたしが真瀬の声に答えることはなかった。
「なぁ、いい加減、話……」
「二年生全員、青年の家の前に集合―！」
真瀬が何か言いかけた時、担任の声が聞こえてきて。
「はーい」
あたしたち女子三人は横一列に並んで、先生たちが待つ建物まで歩く。
そんなあたしたちの後ろを同じ班の男子たち三人もついてくる。
背後から竜君のひっそりとした声が聞こえてきた。
「なぁ、侑。名瀬ちゃんとケンカでもしてんの？」
「ケンカっつーか」
「どした？」
「いや……なんでもない」
困り果てた真瀬の声も聞こえてきた。

あたしたちは"青年の家"と書かれた宿泊施設の前に集合して、クラス別に並んで体育座り。

諸注意や段取りなどを話すクマ先生の声に耳を傾けていた。
拡声器が時々キーンと音を立てるから耳が痛いけど。
聞かなきゃ、わかんないし。
「えー…今日は。キーン。二年生全員で山登りを…キーン」
頑張って聞こうと思ってるのに。
この、キーンキーンって音、うるさい。
集中できないなぁ。
声の大きいクマ先生が普段は使わない拡声器を使うのは、野外だからという理由だけではない。
今日は特進科、音楽科、普通科の二年生全員が集まる珍しい日だからだ。

校舎が違う三つの科は、まるで別の高校へ通っている生徒のように関わりがないのが我が校の特徴。
まぁ。特進科は勉強に忙しいし、音楽科はレッスンに忙しいから。
仕方のないことだと思うけれど。
音楽科と特進科の名前も知らない先生たちが全生徒の前で話すクマ先生を見ている。
クマ先生、少し緊張してる?
おでこに汗かいてない?
「山道のコースで気を付けてもらいたいのは……キーン」
あたしの前には同じ班の男子。
黒沢君、竜君、……真瀬がいる。
真瀬のことはもう見ない。
……考えない。
そう思うのに、前に座る彼の背中が大きくて、どうしても視界に入ってしまう。
視線を横に流していたはずのあたしの目が、いつの間にかとらえていたのは、彼の緩(ゆる)くうねった髪。クルンと躍る襟足。
この襟足は、きっと真瀬の寝癖。
バスの中でもまた寝ていたのかな?

107

ふと、ジャージ姿で腕を組み、座ったまま目を閉じる真瀬の無防備な寝姿を想像してしまって。
不覚にも笑みが零れた時だった。
「どの子？」
「あの子だよ。ほら、髪の長い」
「え……嘘。可愛いし」
どこからかそんな声が聞こえて、思考をシャットアウトする。
なぜだか後ろから視線も感じて。振り向くと
普通科の後ろに並んでいる音楽科の子達と目があった。
ギロリと睨まれたような気がして、慌てて前を向く。
「……どうしたの？」
青ざめるあたしに気付いたひかりが、こっそり話しかけてきた。
「今、音楽科の子達と目が合って……」
「あ。……あぁ」
ひかりとは友達になって間もないけれど、すごく頭の回転が速くて賢い子なんだろうなと感じていた。
現に今も
「睨まれた？」
話したい内容をすぐに読み取ってくれているし。
「やっぱり、睨んでたのかな？」
ひかりにだけ聞こえるように囁くように言った。
「名瀬さん、最近、真瀬とよく一緒にいるでしょ？」
「う、うん……」
今はもう一緒にはいないけど……
と思ったけど、言うのはやめた。
「だから噂になってるんだよ？　知らなかった？」
「噂って？」
「名瀬さんと真瀬が、付き合ってるって」
「つつつ、付き合ってなんか‼」
思わず大声を出してしまって
「名瀬。うっせー」

振り向いた真瀬に怒られて、慌てて両手で口を塞ぐ。
あたしがこの人と付き合ってる?
ないないないっ!
ブンブンと顔を振ると真瀬は
「意味、わかんね」
呆れたようにそう言って、前を向いた。
ひかりは真瀬に聞こえないように話を続けた。
「真瀬はさ。バカだけど、顔だけはいいじゃん。去年は男子の少ない音楽科のアイドルだったから、後ろはきっとライバルだらけだよ」
「だから、ライバルなんかじゃ‼」
思わず、また大きな声が出てしまった。
「名瀬! いい加減にしなさいっ! キーーンッ!」
最後は先生に名指しで怒られた。
しゅん。ごめんなさい。
そして、耳が痛いです。

＊＊＊＊＊

耳が痛い。
まだ痛いよ。
先生、大声出し過ぎ。
絶対、マイク使ってること、忘れてるはず……。
心の中で文句を言いながら、登山口から山道を登る。
まわりには、木々が生い茂っている。
あたしたちはもう新緑の中にいる。

「名瀬のせいで耳がいてー」
後ろから聞こえてくるのはあたしに対する文句。
言ってる人は、顔を見なくてもわかる。
……真瀬だ。

「名瀬ちゃんも気にしてんだし、あんま言うなよ、侑」
「てか、お前も耳押さえてたろ?」
「まー。俺はもう平気だけど」
そういえば、山を登る前、竜君も耳を押さえていたっけ?
関係ない人まで巻き込んじゃったんだよね。
ほんとに悪いことしちゃったな……
反省したあたしは振り向いて、言った。
「竜君、ごめんね」
「え! ううん。全然大丈夫だよ。
てか、名瀬ちゃんが急に振り向くとか。破壊力やばいね」
「え?」
下にいた竜君と振り向いたあたしとの距離は、思った以上に近くて。
また申し訳ないことをしてしまったと思ったけれど。
破壊力って、一体……何?
「すっげー、かわい…ぐはっ」
何かを言いかけた竜君は、真瀬に思いきり蹴られた。
「痛ってえな! 侑!」
「先行くぞ」
真瀬は、竜君を蹴り上げた足を大きく開き、大股であたしたち女子を抜かして登って行く。
「あいつ……」
「大丈夫? 竜く」
「竜! 早い来い!」
蹴られた太ももの裏を押さえて、山道を登る真瀬を睨みつけている竜君に、歩み寄って声をかけようとするも、すぐに飛んできたのは真瀬の怒り声。
なんだかさっきからイライラしてる?
カルシウム不足なの?
「真瀬、やりすぎだよ」
下からキッと睨んで言うと真瀬は目を見開いてから

「……竜くん。早く来いよ」
なぜか、竜君に"くん"をつけて誘った。
小さい子どもが友達を呼ぶみたいに。
「どこが痛いんだよ。擦ってやろうか」
「ぜんぜーんっ」
へ?
何?
「痛くないっての‼」
何かが素早く動いたと思ったら、あたしの隣を横切るのは斜めに倒れた竜君の体。
伸ばされた右足は真瀬の背中を直撃する。
「ぐあっ!」
真瀬の背中には竜君の大きな足跡。
飛び蹴りされた真瀬は土の上に倒れ込んでいる。
二人のやり取りにボー然としてしまう。
なんなの、この人たち。
何やってんの。

「名瀬さん、いこ」
「ほっとこ。ほっとこ」
ひかりと高橋さんはあたしの手を引いて、真瀬の横を通り過ぎる。
「え、えええ⁉ でも…」
足元でばったりと倒れてるけど。
真瀬、大丈夫なの?
これ、生きてる?
「いつもこんなもんだよ」
「そう。こんなもんこんなもん」
どんなもんなんだ……。
呆れながら、真瀬たちを抜かす。その後ろで
「竜! てめー!」
「侑が仕掛けたんだろっ‼」

真瀬と竜君の取っ組み合いのけんかが始まりそうになり、黒沢君が二人の首根っこを持って阻止していた。
(黒沢君が一番大きくてよかった)

山登りと言えば……
様々な自然に触れ合って、気持ちがいいねー。とか、道端に咲く花を見つけて、この花、可愛いねーとか歩き過ぎて棒になった足を引きずりながらも、疲れるけどやっぱりみんなで登るのは楽しいよねーとか言うのかと思っていたのに。
あたしたちの班の山登りにはそんなゆとりなんてなく。
真瀬と竜君がこれ以上ケンカをしないように目を光らせているだけで終わってしまった。
違う意味で疲れたよ。

山を登ると、広場に到着した。
ここは川下りの入り口だ。
真瀬たちがなかなか来ないから、あたしたちのグループは校外学習の団体の中では一番遅くなってしまった。(山道の途中でも沢山抜かされたし)
隣を流れる川では、我が校の生徒を乗せた何艘もの船が出ている。
あたしたち生徒だけでなく、一般の観光のお客さんもいる船乗り場は、思っていたよりも人が多く混雑していた。
あたしたち6人は先生の指示に従って、フル稼働中の船を待っていた。

いよいよ、あたしたちのグループが乗る番になった。
あたしは、グループの一番最後に並んでいる。
高橋さんと黒沢君、ひかりと竜君が先に船に乗って、
「あ…」
気づけば、残っているのは、あたしと真瀬の二人だった。
横目で気づかれないように真瀬を見た。

さっき山道で久しぶりに少しだけ話したけど、まだ気まずさは残っている。
真瀬はこちらを見ようとしないし。
あたしも……これ以上、真瀬を見れない。

「早く乗ってくださーい」
船に乗っている船頭さんの声に戸惑っていると、真瀬は目を合わさず前を見ながら「竜と代わろうか？」と言う。
すでに竜君はひかりと一緒に船に乗り込んでいて、今から代わるなんて不可能だし。
それに、放たれた声色が真瀬らしくないと思ってしまって。
驚いて、彼を見上げた。
「……どうして？」
「嫌だろ？　俺の隣は」
──違う。
嫌なのは、あたしじゃなくて……真瀬でしょ？
そう言いかけた言葉は詰まってしまって。
何も言えずにいると、後ろにいた一般客のおじさんが
「ねーちゃん、はよ乗り」
と手を掴んだ。
ビクッと体が震えあがる。
あたしは思わず隣にあった真瀬のジャージを掴んで。
「ごめん。真瀬」
「え」
「一緒に乗って」

あたしの手首を掴んで船の前まで歩いてきた真瀬は、「先に乗れ」って言って、あたしの背中を押した。
船には、２人ずつ、５列に並んで座る。
お客が10人と舵を取る船頭さんが２人。
合計12人で定員みたいだ。

船板に足を置くと、足元が濡れた。
冷たさにびっくりして、足を上げると船が揺れて、バランスを崩してよろめくあたしを後ろにいた真瀬が支えてくれた。
「大丈夫か？」
「うん……ごめんっ」
あたしの左肩に真瀬の大きな手。
「そういう時は、ありがと、だろ？」
「う、うん。ありがと」
それだけ言って、席に腰を降ろすと真瀬もあたしの隣に座った。
左肩に手のひらの感覚が残っている。
あたしの手なんかとは比べ物にならない。大きくて骨っぽい手の感触。
真瀬に掴まれた肩から
全身に熱が広がっていくのがわかる。
その熱は、あたしの体を通り、顔全体を紅潮させていくんだ――。

ポッと熱くなる顔を
真瀬に見られないように
あたしは川を見るふりをして、背を向けた。

――『嫌だろ？　俺の隣は』
違う。
嫌なわけ、ないじゃない。

息が苦しい。
呼吸ってどうするんだっけ。
うねりながら流れていく川を見つめながら、なんとか呼吸を整えた。

＊＊＊＊＊

渓流の中、船は進んでいく。
船頭さんが舵をとってくれて、あたしたちは船に乗っているだけ。
初めての川下りを楽しんでいた。
最初は、川下りなんて嫌だなって思っていたけれど、乗ってみれば、アミューズメントパークのアトラクションみたいで楽しい。
人工的に作られたアトラクションと違う所は、自然が相手だという所。
日によって変わる天候、水かさ、川の流れなどに注意しながら、舵取（うと）りさんは船を操っていく。
「たまに落ちる人もいますからー」
なんて、船をこぎながら船頭さんが言うから
「ほんとかな？」
つい真瀬に聞いてしまった。
「嘘（うそ）だろ」
そう答えた後、真瀬は唇を結んだまま微笑（ほほえ）んだ。
今、真瀬から放たれる空気の温度は、以前と一緒。
夕暮れ時の音楽室と、その日の帰り道で見た
色をなくした瞳も
言葉をなくした重い空気も
どこにもないように思えた。
向けられる目がいつものように優しい…と思うのは、あたしの
願望なのかもしれない。

「でも、名瀬は落ちるかもな」
「な、なんで！」
「ぼーっとしてるから」
「ぼーっとなんてしてな…きゃっ」
「うわっ」
その時、船が揺れて、水しぶきが跳ねた。
「つめた」
見ると太ももが濡れていた。ジャージの色が水を含んで濃く変わ

っている。
「こっち寄れば」
真瀬がそう言った瞬間
「ひゃあ——！」
今度は船が右側に大きく傾き、また水が入ってきた。
「ぐえ」
今度は反対側の真瀬が濡れてる。
よく見ると、前の人たちは水濡れ防止用のブルーシートを膝の上に乗せていて、
「真瀬、これだよ」
「なるほど」
足元にあった青いシートを広げてかけた。
「つか、このシートももう濡れてんじゃん」
「だね」
思わず、二人で顔を見合わせて笑った。

渓流コースはアッという間に終わって、今は激流コースに突入したみたい。
右左へと、船が大きく揺れて。
ほんとに振り落とされそう。
シートを持つべきか、船の枠を持つべきか悩む。
でも……船の枠を持ったら、遠心力でそのまま川に転落しそう。
転落してもおかしくないくらいスリリングな川下りだ。
「春は水かさが多いですからね～。いつもよりも激しく揺れてま～す」
と言いながら、舵を取る船頭さん。
では、安全運転でお願いします。と言いたかったけど
「わ———っ!!!」
思いきり、船が傾く。
荒い！
荒いよ！

川の流れが激しいから仕方がないのかもしれないけれど。
スリルを楽しんでいるようにしか見えない舵取りを恨んだ。
「次が最難関でーす‼」
絶対この状況を楽しんでいる船頭さんの声が聞こえた後、船が今までにないくらい大きく動いた。
あたしの体が左へと傾いて、思わず真瀬の手を掴んでしまった。
「ご、ごめんっ」
激流の中、慌てて離したけど
「つかまっとけ」
って言って。
今度は真瀬があたしの手を握り返してきた。
え……。
「うわー」
「きゃー」
前から後ろから、叫び声にも似た悲鳴が聞こえてくる。
真瀬もあたしを掴んだまま、スリルを楽しんでいるみたい。
でもあたしの心は……
「どうした？」
「う…ううん」
言葉になんてできなかった。
だって、今、真瀬が握っているのは、あたしの左手。
気持ちが悪いって思ってるんじゃないの？
ねぇ……真瀬……

へたなジェットコースターより怖い川下りが終わった。
ちょっとふらふらする。
「最後の方、名瀬ちゃん本気で落ちかけてなかった？」
「そうなの？」
「名瀬さん、大丈夫？」
短い坂道を登って河川敷に行くと、先に集まっていたグループのみんなが心配してくれた。

「だ、大丈夫。大丈夫」
あたしは、そんなつもりはなかったけど……。
真瀬に手を握られて放心状態になったあたしは、遠心力に任せて川の方へ行きそうになり
「お、おい！ 名瀬‼」
真瀬に捕まえられていたんだっけ……。
川下りで本当に落ちる人はほとんどいないらしく、今回のあたしの動きは、船頭さんを心の底からひやりとさせたらしい。
「マジで勘弁しろよ」
そう言って、後ろから歩いてくるのは真瀬。
所々ジャージの色が変わっている。
最後はかけていたシートも放り投げて、ぼけてたあたしを助けてくれたみたい。
「船の上でぼーっとすんな」
真瀬は、そう言ってあたしの隣に立つ。
あたしはプイと顔をそむけた。
「だー！ 何なんだよ、お前は！」
苛立ちを真っ直ぐに向けてくる真瀬の目が見れない。
だって……真瀬が悪いんだよ。
簡単に手なんて握るから……。
しかも左手だったのに……。
感覚がなくなったはずの左手が……
……熱い。
でも、ちゃんと言わなきゃ。
あたしは真瀬から視線を逸らしたまま言った。
「……ごめ」
違う。
——こういう時はごめんじゃなくて、ありがと。だろ？
「ありがと」
「……」

118　気づけば恋だった。

「ひかり、高橋さん。行こ」
それだけ言うと、あたしは二人の手を取って歩き出した。
どうしよう。
心臓が強く脈打ってる。
ポカンと口を開けたままになっている真瀬に気づかなかったあたしは、高鳴る鼓動を掻き消したくて、どんどん歩く。
山道をどれだけ歩いても、なかなか高まった心音は、おさまらなかった。

細く伸びていく山道の先に、小さく見えるのは、同じ色のジャージ。
先に川下りを終えた同級生たちが広場に集まって、昼食の準備をしているのだろう。
あたしは、林の奥に見える紺色のジャージを目印にして歩く。
道端に咲いているタンポポを踏まないように。
でも、スピードは落とさずに歩いていると、背後から声が聞こえてきた。
「名瀬さん！　早いかも。ついてけない」
振り向くと膝に手を当てて、息を荒げている高橋さんがいた。
「ご、ごめんねっ」
慌ててその場へ戻り、高橋さんに近づく。
自分勝手に歩いてしまった。
自分の足の速さを思い出して、深く謝る。
「あたしの方こそごめんねー。全然体力なくてさー」
「ううん」
そう言って、首を横に振る。
まわりを見ていなかった、あたしが悪いよ。絶対。
「ちょっと休憩する？」
ひかりに言われて、あたしたちは木陰に座ることにした。

柔らかい風が木々の葉をゆすっている。

小鳥たちのさえずりが聞こえる。
せっかく山へ来たというのに、あまり緑と触れ合えていなかったなぁ……なんて思いながら、空を見上げていると、ひかりが何かを差し出した。
「あ。そうだ。さっきこれ落としてたよ」
「生徒手帳?」
ひかりの手の中にあった物を見て、高橋さんが言う。
「これ、名瀬さんのだよね? 名前書いてあるし」
「ほんとだ。でもどうして生徒手帳? 今日いらないよね?」
ジャージ集合だし?
と言葉を続けながら首を傾げる高橋さん。
あたしは慌てて生徒手帳を受け取って
隠すように両手で挟むように持って
「ママにね。朝、持っていきなさいって渡されて」
「へー。そうなんだ」
「……うん」

今朝、いつものように遥斗を玄関に待たせて、バタバタと朝の用意をしていたあたし。
「美羽、行くぞ」
「ちょっと待って。すぐ行く!」
やっと準備が整い玄関へ出ると
「美羽〜!」
開けっ放しにしていたドアからママが顔を覗かせた。
「まだいた。よかった」
「どうしたの?」
「はい。忘れ物」
そして、今まで何度も聞かされてきた言葉を繰り返す。
「今日は忘れ物なんてしてないと思うけど……」
ハテナマークをつけるあたしに、ママは手を伸ばして
「持っていきなさい」

穏やかな声でそう言って、生徒手帳を手渡したんだ。
今日はいらない日なんだけど……って思ったけれど。
なぜか言えなかったあたしは、
「ありがと」
それを受け取った。
安心したように微笑んだママは、あたしと遥斗を見送りながら
「気を付けていくのよ～。ちょっとくらい遅れたっていいんだからね～」
いつものセリフを言う。
「今日は遅れたらバスに乗れないんだけど」
あたしは心の中で突っ込みながらも、ママに手を振ったんだっけ……。

「名瀬……美羽ちゃん？」
今朝の出来事を思い出しているとふと声が聞こえて、現実に戻ってくる。
「え？」
目を上げると、高橋さんが生徒手帳に書かれている名前を読みあげていた。
「名瀬さんって、みうちゃんっていうんだよね？」
「う、うん。そうだけど」
「名瀬さんって名前まで綺麗だよね……
美しい羽なんて、イメージとピッタリ」
「……」
「あのさ……これから名瀬さんのこと、美羽って呼んでいい？」
「え？」
「ダメ……かな？」
大きな目を細めて遠慮がちに高橋さんが聞く。
──みうって
美しい羽って書くんだね。
名前までなんか……──

121

フラッシュバックする。
突然、過去の出来事を思い出して。
あたしはひどく、うろたえてしまった。
「あたし……家族以外に美羽って呼ばれてなくて……」
「そうなんだ！　じゃあたしが一番乗りだね！　やった！」
「あの……なんていうか……あたし……その」
「みんなからは、なんて呼ばれているの？」
歯切れの悪い返事を遮るようにひかりから質問された。
優しく微笑むひかりは、同じ年なのに年上のような安心感がある。
今も何か悟ってくれたのかもしれない。
「なぁちゃん……」
「なぁちゃん?!　あ、なぁちゃんって呼ばれてるの聞いたことある！　あのふわふわした女の子でしょ?!」
ふわふわした女の子イコール琴音のことだと思った。
いつも「なぁちゃーん」って言いながら廊下を走ってくる琴音。
結構、有名人だったんだね。
琴音の笑顔を思い出すと、心が軽くなる。
今もそう。離れているけれど、琴音はあたしの親友。
それは迷いなく言える。
「そう。琴音っていうんだ。あの子が"なぁちゃん"って呼び出したの」
「どうして、なぁちゃんなの？」
大好きな琴音を思い出し、微笑と共に言葉を漏らすとひかりが聞いてきた。
「琴音ってすごく天然で。あたしのこと"名瀬"じゃなくて、"ナナセ"って名前だと勘違いして。ナナセちゃんって呼びづらいから、なぁちゃんって呼ぶねって。友達になった日に言われたの」
それから琴音はあたしのことを"なぁちゃん、なぁちゃん"って呼んでくれた。
琴音が「なぁちゃん」と呼ぶようになってから、あたしのことを「美羽」と呼ぶ人はいなくなった。

「そっか。じゃあ、なぁちゃんの方がいい？」
いつもよりも丁寧に、ひかりが言う。穏やかな声色に安心した。
「あたし、なぁちゃんって気に入った！　可愛いじゃん！　これからなぁちゃんって呼ぼうっと！　いい？」
あたしが答えるよりも早く高橋さんが言う。
「うん。ありがと。高橋さん」
「それと、あたしのことだけ"高橋さん"って嫌なんだけど」
「え？」
「ひかりのことは"ひかり"って言うのに、あたしだけ"高橋さん"って……なんかさぁー……」
口を尖らせる高橋さんに向けて、あたしは言った。
「うん。じゃあ……りこ」
友達を初めて呼び捨てにする瞬間って、照れる。
恥ずかしい。
「なぁちゃん、何赤くなってんの！　可愛いんだけどー！」
だけど……
頬を手で押さえながら微笑んだあたしは、すごく幸せだった。
「あたしは、名瀬さんのままでいいかな。あたしがなぁちゃんって言うのも変だし」
「えー！　なんでよ、ひかり。いいじゃん。なぁちゃんって呼ぼうよー」
「ううん。呼ばない。名瀬さんは名瀬さんだよ」
「うん」
どんな風に呼んでもらってもいいんだ。
美羽じゃなければ。
「ひかり、りこ。よろしくね」
三人の距離が縮まった気がした。

「何してんの、お前ら。先に行ったんじゃねーの？」
木陰で休んでいたあたしたちに低い声が落ちてきた。

顔を上げると。
光を背負ってあたしたちを見下ろすのは、多分……真瀬だ。
「君たちを待ってたの!」
「待ってたって、茶飲んで休憩してんじゃねーか」
「お茶飲んで休憩して待ってて何が悪いのよ!　鈍足!」
「鈍足って……。すぐ追いついたろ?!」
言い合うのは、高橋さ……ん、じゃなかった、高橋さん改め、莉子と、真瀬の隣にいた竜君。
ひかりは、すでにその場に立ち上がって、砂がついているジャージを手ではらっていた。
「何?　幸せそうな顔しちゃって」
ぼんやりと皆を見ているあたしの頭の上にポンと手が置かれた。

染まる目の前の景色には、
空の蒼(あお)と
太陽の光と
木々の緑。
その中心にあるはずの彼の顔は
逆光で………よく見えない。
でも、優しい目をして笑ってくれている気がした。

「またボーっとして。ほら行くぞ。早く立てって」
そう言って、伸ばされた手につかまって、立ち上がる。
「お。あそこじゃね?」
真瀬は、小さく見えるクラスメイトを見つけると、残り少なくなった山道を一番先に走っていく。
木々の茂った林を抜けて、光の当たる場所へ出た真瀬は振り向いて言った。
「おい!　肉!　肉の匂いするって!　早く来いよ‼」
「あたしのウインナーがなくなってたら竜のせいだからね!」
「知らねえよ。そんなこと!」

——ここは真瀬のことが大好きな人達が集まってできたグループ。
"居心地がいい"
そう思ったのは、間違いなんかじゃなかったよ。真瀬。
真瀬について来て、よかった。

あたしは
今、すごく
幸せだ。

7

「もう食えねぇ」
「ほんと、おなかいっぱーい」
あれから男子が率先してバーベキューの準備をしてくれて。
（と言っても焼くだけだけど）
あたしたちはお腹いっぱい昼食を食べた。
運動した後だからお腹が減っていたこともあるけど。
自分でも驚くくらい食べた。
うーん。美味しかったー。
「片づけよっか」
「うんっ！」
「そうだね」
ひかりに誘われて、洗い場まで食器やトングを運ぶ。
他の班の子達は、あたしたちよりも早く食べ終わっていたので、
手洗い場は空いていた。
女の子三人で手洗い場に並んで、腕まくり。
こういうのも楽しいな。

「手伝おうか？」
「いいよー。男子は準備を頑張ってくれたから、これぐらいする

よー」
後から男子の食器を積み重ねて運んできた黒沢君に、莉子が答えて。
「ね？　なぁちゃん」
同意の笑顔を向けられたあたしも黒沢君に話しかける。
「うん。大丈夫だよ。持ってきてくれてありがとう」
「じゃあ、よろしく」
そう言って、黒沢君は少しだけ口角を上げて、微笑んでから去っていく。
黒沢君の声を聴いたのは、三回目かな？
微笑んだ顔を見たのは初めてだ。
ちょっと貴重。
そんなことを思いながら、食器を洗った。

お皿を洗っていると水道水が手にかかる。
冷たい水を感じながら思い出すのは、夕暮れ時の自宅の洗面所で見た光った蛇口だ。
泣きそうで
でも、泣きたくなくて
何度も顔を洗ったあの日
鏡に映った自分の顔には、無数の水滴と、涙の通り道が残っていた。
泣きたくないと思いながらも
あの日のあたしは、真瀬を想って泣いた。
突き放されたような
二度と戻れないような
悲しい距離を感じてしまって
これ以上、傷つきたくなかったあたしはもう真瀬には近づかない。
声もかけない。
そう強く心に誓ったんだ。
──自分自身を守るために

傷が浅いうちなら、瘡蓋(かさぶた)もすぐにふさがる。

そう思い、彼と距離をとっていたはずなのに。
あたしはまた、彼と過ごす時間を楽しいと思ってしまった。
きっと、真瀬の体の中には、強力な磁石があるんだ。

彼がS極で
あたしはN極。
離れていれば大丈夫なのに
少しでも近づけば、引きつけられてしまう。
そして、彼は決して強すぎない力で
あたしのことを引っ張っていく。
居心地がよすぎるんだ――。
真瀬の隣は……。
そう言えば……
あれから真瀬はあたしに何かを話そうとしてくれていたっけ……。
『なぁ、いい加減、話……』
今朝だって、何かを言おうとしていた。
あたしは真瀬に決定的なことを言われるのが怖くて、ずっと避けていたけれど。
『――嫌だろ？　俺の隣は』
真瀬にもあたしと似たような思いをさせているのかな？
あんなことを言う真瀬を見たくないと思った。
マイナスな発言は、彼には似合わない。

手洗い場から目を上げると、沢山の生徒たちが目に飛び込んできた。
草の上に寝転がる男子や会話の花を咲かせる女子。
昼食後の片付けまで終えた高校生たちは、各自思い思いに過ごしている。
下山の時間までは自由時間だからだ。

あたしは、息を吐いて、吸い込んで。
そして、決意した。
この洗い物が終ったら、真瀬とちゃんと話をしよう。
「なぁちゃん、なぁちゃん！　全然、手動いてないよっ！」
「わっ」
ホントだ。
見るとあたしの手元にだけ食器が沢山残っていた。

＊＊＊＊＊

結局、ひかりと莉子に手伝ってもらって食器洗いを終わらせた。
何をやってんだかなぁ。もう。
「ありがと」
「いーえ」
「大丈夫だよー」
優しい二人に微笑み返したあたしは、ハンカチで手を拭きながら彼を探す。
揺れるうねった茶色の髪。
切れ長の澄んだ瞳。
長く伸びた手足。
……真瀬侑成の姿を。

先ほど昼食を食べていた場所には、黒沢君と竜君しかいなくて
真瀬の姿は見当たらない。
ぐるっとあたりを見回してみたけれど、同じジャージを着た生徒の中に真瀬の姿は見つけられなかった。
……どこにいるの？
……真瀬。

「あれー？　真瀬はー？」
グループの男子の元へ帰ってくると真瀬がいないことに気付いた

莉子が語尾を伸ばしながら竜君に聞いた。
「あー……真瀬は……」
歯切れの悪い返事をした竜君。
逸らした視線の先を追うと、パチッと目が合った。
言葉の続きが聞きたくて首を傾げる。すると竜君は、目を泳がせたまま言った。
「えっと……。あ！　そうそう。トイレだな。うん、トイレ！」
「真瀬、きのこ食べ過ぎたんじゃない？」
「お腹壊したってこと？」
莉子に続き、ひかりが言った。
『肉だ！　肉しか食わん！』
と言っている真瀬のお皿には、いつの間にか大量のきのこが盛られていて。
彼はしかめっ面で文句を言いながらもそれらを全て食べた。
そんな真瀬にみんな大笑いしていたんだけど……
もしかして……本当におなかを壊しちゃった？
「大丈夫かな……」
ポツリと声を漏らしてからトイレの方を見る。
林の奥に見える小さなロッジ風のトイレに出入りする人影は何人か見えるけど。
そこに真瀬の姿は見当たらない。
真瀬……出てくるかな……
そう目を凝らした時だった。
茶色の建物の奥に伸びる山道を歩いて行く小さな人影が見えた。
あの後ろ姿は、真瀬だ。
どこへ行くんだろう？
もしかして……ほんとに気分が悪いんじゃ……
誰にも見られないように林の奥へ入ったのかな？
林の奥で一人蹲る彼の姿を想像してしまったあたしは、
「様子、見てくるっ」
その場を駆け出した。

「ちょっと待って！　名瀬ちゃんっ」
背後であたしを呼ぶ竜君の声も聞かずに走っていた。
早く真瀬の元へ行きたいと思った。
真瀬の姿は、もう見えない。

いないなぁ……
どこへ行ったんだろう……。
トイレまで走ってきたけれど真瀬はいなくて。
あたしはトイレを超えて、細くなる山道を歩く。
キョロキョロと目を動かしながら歩くも彼の姿は見あたらない。
腹痛で丸くなる真瀬の姿を想像しているからか、自分の足取りが
どんどん早くなることに気付いてはいなかった。
辺りは木が生い茂り、草は伸び放題になっている。
足元には枯葉が散乱していた。
人影がないこの場所では、山の音がよく聞こえる。
小鳥のさえずりや木の葉の揺れる音。
歩き続けていると、その音は大きさを増し始めた。
鳥たちがざわつき、飛び立っていく。
木を揺らす風が強くなり、枝が大きく揺れ始める。
景色が薄暗くなった気がして見上げると、いつもよりも近くにある雲が見たこともない早さで動いていることに気づいた。
春の温かい風を頬にうけながら過ごした午前中とは打って変わって、空が曇り始めていた。

山の天気は変わりやすいなんて聞いていたけど、本当だな……
雨……降るかな……
空を見上げた時だった。
「真瀬……」
女の子の声がした。
声が聞こえた左手に視線を向ける。
そこには、古く小さいロッジが建っている。

「……仲がよさそうだよね」
声がするのは、ロッジの奥だ。
ここからは、建物が邪魔で見えない。
誰？
恐る恐る数歩足を進めると、ロッジの横の平地が見えた。
その芝の上に、女の子と男の子が向かい合わせで立っている。
建物の死角になっていて気付かなかったんだ――。
こんな傍に真瀬がいたなんて。

あたしは山道から彼の後ろ姿を見た。
名前も知らない女の子と二人きりの彼を。
彼女の横顔は、透き通るようで。
真瀬を見つめるその瞳は、綺麗で。
真瀬と彼女のその距離は、近くて。
胸がきしむ。

「変な噂が……流れてるよ？」
風に乗って、彼女の声が届く。
あたしは雷に打たれたかのようにその場から動けなくなってしまって、二人の姿を見ていた。
「……どんな？」
聞きなれた低い声が聞こえる。
後ろ向きの彼の顔は……あたしには見えない。
「真瀬が普通科の女の子と、付き合ってるって」
「……なに、それ」
「心変わりしたの？」
「は？」
「だって真瀬、音楽科にいた時、言ったじゃない。
あたしが何度告白してもいつも同じこと言ったでしょ？」
「……」
「好きな人がいるって」

「……」
「その人と……付き合ってるって」
「……」
「あれは嘘だったの？ しつこいあたしを振る口実？」
「……違う」
「じゃあ……その人と、今もまだ……付き合ってるの？」
「……あぁ。俺はそう思ってる」
強風が吹いた。
髪が風に流される。

音楽科の時――
好きな人がいる――
その人と――
今も―――
付き合ってる―――………

「そっか。じゃあ、もう諦めなきゃね……」
「……」
「でも、最後にもう一回だけ言わせて。
あたし……真瀬が好きだよ？」
「……ごめん」

涙が伝っていた。
彼女の頬にも。
あたしの頬にも。
初めに惹きつけられたのは、見上げた彼の背中。
次は、少年みたいな笑顔には似合わない低い声だった。
あたしを引っ張って走る後ろ姿と、一緒に食べたソフトクリーム。
支えてくれた腕と、待っていてくれた駅前。
隣の席も
聞かせてくれたピアノの音も―――……

全部、特別な物になってしまった——……
引き寄せられて
自ら離れて
でも、また引き寄せられて
あたしは、気づいてしまった。
あたしは、真瀬が好き。
彼のことが好きなんだ——

『……ごめん』
気づいたと同時に、真瀬が彼女に向けて放った声があたし自身に突き刺さる。
あたしはバカだ。
他人の告白を聞いて、自分の気持ちに気付くなんて。
——好きな人がいる。
——その人と、付き合ってる……
そして、失恋するなんて。
バカすぎて……言葉も出ない。

唇がフルフルと震えている。
帰ろう。
聞いちゃいけない話だったんだ。
あたしは両目から溢れ続ける涙を拭こうともせずに、踵(きびす)を返そうとした。
けれど、あたしの足元に何かが絡み付いて。
え、
気づいた時には、バタンと大きな音を立ててその場に倒れた。
「いった……」
右の足首が痛い。
見ると、右足に木の根が絡まっている。
「……誰？」
背後から女の子の声がした。その後、足音が近づいてくる。

草をかき分ける足音は二人分。木の根に隠れているように倒れている自分の姿は、できれば見られたくない。
慌てて木の根を取ろうとするけれど、曲がりくねった木の根は半ば地面に埋まっていて、引っ張っても動かない。
急げば急ぐほど絡まった根を思うように解くことはできなくて
「……名、瀬？」
背後から名前を呼ばれてしまった。
低い声に顔を上げられなくて、俯いたままのあたしに
「覗き……？　悪趣味」
彼女の冷たい声が降ってきた。
その通りだと思う――
ボソリと落とされた声に何も言えずに、顔を下げたままでいるとあたしの側にしゃがんだ彼女が耳元で囁いた。
『………』
そして、彼女は立ち上がり
「バイバイ。……真瀬」
「おう」
真瀬に別れを告げて去っていく。
あたしの耳には、彼女の言葉が残っていた。
『どうせアンタも　フラれるから……』

「何してんの？　名瀬」
ふざけるように……
からかうように……
放つ真瀬の声はいつも通り。何も変わらない。
「あぁ……これ？」
蹲るあたしを見下ろした彼は、その場にしゃがみこみ、右足に絡まる木の根を取ってくれている。

その声も
指先も

クルンと跳ねる襟足も
右肩も
あたしの視界に入る全てが
他の誰かのものだと思った瞬間――……

「取れた。……え」
……涙が止まらなくなってしまった。

「なんで……泣いてる?」
枯葉の上に落ちた雫が見えたのか、髪で隠していたはずの横顔が見えたのかはわからない。
けれど、涙に気付いた彼は、覗き込むようにしてあたしを見る。
その距離は多分10センチもなかった。
あたしは今、真瀬の作り出す空気の中にいる。
居心地のよい大好きな空間に……。
あたしはそっと目を上げる。
そこには、心配そうにあたしを見つめる真瀬がいた。

「真瀬の優しさは……残酷だね」
「……は?」
「男の子は、好きな女の子にしか優しくしちゃダメなんだよ」
じゃないとみんな勘違いをする――
あたしが恋をする人はこの人じゃないかって。
熱い涙が目尻に溜まっては、流れていく。
後から後から溢れてくる涙は止まり方を知らない。
「何、言ってんだよ」
そう言った彼の手が伸びてくる。
頬の近くに真瀬の長い指がある。
彼があたしの涙を拭こうとしていることに気づいて
「彼女が……可哀想だよ」
そう言うと、彼は目を丸くして、手を止めた。

ぽたり
ぽたりと
涙が落ちる。
真瀬に触れて、触れられて高鳴る鼓動は過去のもの。
二度と手に入ることはない。
あぁ……あたし、こんなにも……
真瀬のことが好きだったんだ——……
「じゃあ、泣くなよ。拭けもしないなら泣くな」
表情を歪ませた真瀬の顔が見れなくて。
苦しさから逃れたくなったあたしは、その場に立ち上がる。
溢れすぎた涙は視界を滲ませ、鬱然とした樹木と薄暗い景色が視界の全てになっていく。

皆のところへ帰ろう。
そう思い、曇りガラスを拭きとるかのように手で涙を拭う。
ゴシゴシと何度か手を動かした時、ジャージの胸ポケットに自分の腕が擦れて。
バサリと音を立て、そこから何かが落ちた。
「なに……これ？」
目の前に落ちてきた物を見て真瀬が言う。
目を落とすと枯葉の上に、生徒手帳があった。
……落ちちゃったんだ。
「ごめん……あたしの……」
「ジャージに生徒手帳って。どんだけ、真面目……」
茶化すように話す真瀬の言い方はいつも通り。
なのにその声は、弱々しくて。あたしは何も言えない。
苦い沈黙が流れる中、真瀬は、生徒手帳を拾うとその場に立ち上がり、
「ん」
そう言って、あたしに手渡そうとする。
「あれ？　なんか、挟まってる？」

その時、真瀬が生徒手帳から半分だけ姿を見せた紙に気付いた。
枯葉やゴミなどの不要な物が挟まっているとでも思ったのだろうか。
真瀬が当たり前のようにそれを抜きとろうとするから
「ダメ!　それは……」
思わず、手を伸ばした時だった
強風が吹いた。
顔もむけられないほどの激しい突風に伸ばした手をひっこめ、目を瞑る。
髪が上に煽られて、舞った枯葉が頬をかすめた。
「あ……」
短く途切れた低い声が聞こえ、ゆっくりと目を開けると。
真瀬の手にあったはずの生徒手帳に挟まれていた……手紙がなくなっていた。
彼の視線の先を追うように宙を見る。
四角に折られたルーズリーフが風に舞うように飛んでいる。

ダメ。
それだけは、ダメ。
あたしは手を伸ばした。
初めてあの手紙を見た時、胸が震えたんだ。
誰かが誰かに向けて書いたそのラブレターは、切なさと愛しさを含んで
あたしの胸の内を焦がした。

いつかこんなことを言われてみたい。
恋をしたことがなかったあたしが
初めて、人を好きになることを羨ましいと思ったんだ——。

恋心に気づいても叶わない
風に飛ばされていくだけの手紙は

今のあたしと同じ――

だから、ダメ。
この手紙だけは――……

飛んでいくルーズリーフを取り戻したくて、あたしは林の方へ走り、斜め上に跳び上がった。
樹木が影を作る山奥では、湿気を含んだ枯葉たちが黒い地面を作っている。
でも、そこは平らではなかった。
「名瀬……お前……凄い……ジャンプ力だよ。
だけど……ふざけんなっ!」
次の瞬間、あたしが見たものは、真瀬のゆがめた表情と怒りに満ちた声。
あたしの左手は真瀬に握られていて、真瀬の右手と繋がっている。
あたしの体の横を枯葉が次々に落ちていく。
そっと目を落とすと、谷底は濃い霧に包まれていて見えない。
何があったの? と、自分に問う。
答えはすぐに出た。
そうだ……。
手紙を取り戻すことだけに夢中になっていたあたしは、手紙を掴んだ後、平らではない黒の地面の上に着地して、林の中になだれ込んだ。
ズサズサズサズサ―――……
と音を立て転がり落ちたあたしは今、切り立った斜面にいる。
そういえば……青年の家の前で先生は言ってたっけ?
『気を付けてもらいたい所は――……』
耳が痛いと言って、ちゃんと聞いてはいなかった。
でも先生はこう言っていたはず。
『気を付けてもらいたい所は、昼食休憩所のトイレより奥。
"この先危険"の看板が立っているからわかると思うが。

138 気づけば恋だった。

看板の先は崖になっているので、絶対に近づかないこと』
蹲る真瀬を想像しながら、早足で歩いていたから看板になんて気づかなかった。
もしかして、ここには誰も来ないと知っていたから、彼女はこの場所に真瀬を誘ったの？
それにしても不用心だよ。
こんな所に好きな人を誘うなんて……
そう思って、気づいた。
そうか。彼女たちがいた方は、危険な場所じゃなかった。
あたしが勝手に手紙を追って、こちらの林に飛び込んだんだ──
人は危機になるほど冷静になるのかな……
手を繋がれながら、こんなことを考えている自分に驚いた。
「名瀬……絶対、離すなよ」
声が聞こえ、見上げると彼の額から冷や汗が流れ落ちてくる。
左手で、木に捕まり、右手であたしを支える真瀬。
先ほど木の根を持っていたから
互いに滑りやすくなっているんだ。
ズルズルと手が下へ下へと下がっていく。
谷底から強風が吹き上がって、
「くそっ」
真瀬の視界を奪う。
「力、入れろっ！」
そう言われても、左手に力は加えられない。
「ごめんね……」
「謝んじゃねー」
「ありがと」
「礼なんて言うな。わかった、もう話すな」
『ごめんじゃなくてありがとだろ？』
そう言ったくせに。
そう言えば、海辺で"ありがと"って言った時、

『礼なんて言うな』って言われたな。

あたしが初めて恋をした人は、無茶苦茶な人だったなぁ。
でも、真瀬に出会えてよかったよ。
真瀬に恋をしてよかった。
見つめると。目があった。
「絶対、助ける」
そう言って、真瀬が痛いくらいの力を再び加えた時、あたしの左手に異変が起きた。
形を変えた小指と薬指が真瀬の手のひらから抜け
「真瀬……」
彼の名前を読んだ瞬間、左手全てが抜け落ちて。
「名瀬っ‼」

そして、あたしは
谷底へ落ちた。

第三章

～抜け落ちた過去～

黒く狭い世界だと思っていた。
寒くて
寒くて
体の震えが止まらなくて
誰も助けてはくれない場所だと思っていた。
死後の世界は。
でも、ここはどこだろう……
セピア色の空間。
足元には雲のような白くふわふわな絨毯(じゅうたん)。
こんもりとした山のようなふくらみがいくつも重なってできている。
綿菓子……みたいな
マシュマロ……みたいな
真っ白な雲の上にあたしは座っていた。
初めて見るふわふわの世界は
居心地がよくて、ずっとここにいたい気分だ。

"ずっとここに？"
"いいの？"

どこかから声が聞こえて、辺りを見回す。
声がした所には、タンポポが咲いていた。
タンポポが……しゃべるわけないか……
タンポポは綿あめのような雲を土にするかのように咲いていた。
よく見るとタンポポの隣に小さな穴がある。
その部分だけ雲がなく、空洞になっている。
"ほんとにいいの？"
また声が聞こえた。
どこから声が聞こえたんだろうと思い、あたしはその穴を覗(のぞ)き込

む。
穴から見えるのは街の地図。
ここどこ？
思った瞬間、視点がギュウと縮んでいく。
拡大されたあたしの目に映るものは、二つ結びの髪の女の子。
白いワンピースを着た女の子は、手提げ袋を持って、走っている。
あの子、見たことがある……
そうだ。あの子は、あたし。
中学時代のあたしだ。
あの手提げ袋には、ピアノの教則本が入っているはず。
あたしは、今からピアノ教室へ行くんだ。

中学時代のあたしは自宅から9つ離れた駅の傍にある有名なピアノ教室へ通っていた。
学校が終わり私服に着替えると、あたしは教本の入った鞄(かばん)だけを持って家を出て行く。
どうして、あそこにあたしがいるの？
そして……どうして、泣いているの？
教本の入ったカバンを抱えるようにして、あたしは走りながら泣いていた。
髪が風に流されて、涙も一緒に流れていく。
あぁ……これはたしか
中三の夏。
あたしが初めて記憶をなくす前の映像だ。

とても悲しいことがあったあの日。あたしは初めてピアノ教室をサボり、知らない街で泣いたんだ。
そして——
知らない街の
知らない坂の下で
あたしの記憶は途切れた。

夏の太陽を背に受けながら、幼いあたしが走っている。
もういいよ。
と言ってやりたくなる。
もう泣かなくていいよ……と。
あなたの人生は、二年後に終わる。
だからもう……頑張らなくていいよ……

"いいの？"
まただ。
どこかから声がする。
声がする所はやっぱり……
"ほんとにいいの？"
嘘でしょ。タンポポが話している……。
目を丸くしたあたしにタンポポが話を続ける。
"あたしを抜いてみて"
何……？
恐る恐るタンポポに手をやる。
「抜いていいの？」
あたしが聞く。
"いいよ"
「ほんとに？」
"帰りたいならね"
帰りたい？

答えはわからなかったけれど、あたしは足元のタンポポの茎を持ち、引き抜く。
すると、タンポポの周りにあった雲が根と一緒にすっぽりと取れて、あたしはそのまま
「うわ――――っっっっ!!!」
落ちた。

1

「いっ……」
痛い痛い。痛すぎだよ。
全身がバラバラになって砕けるような激しい痛みに襲われた。
肋骨の下あたりが折れたように痛む。
痛む場所痛は、お尻と背中と……一番はお腹。
「う……ううう……」
声も凍るほどの激痛に呻り声を出した時
「ごめんっ!! マジ、ごめんっ!!!」
そう言ったのはあたしの前にいる、黒髪の少年だった。
綺麗な茶色の目を細めた彼は、「俺のせいだ!」と言った。
わけ、わかんない……。
「大丈夫?」
「……う、ん」
しばらくすると声を出すことができた。
「いや、大丈夫なんかじゃないな……」
「え」
「だって。泣いてる」
言われて頬に手をやる。
あたしの頬は、涙で濡れていた。
傍には、手提げ袋が転がっている。
目を落とすと、耳の横で揺れるのは、二つ結びの髪。
真っ白なスカート。
状況が把握できなくて、辺りを見回すと、左には海。右手には住宅街がある。
あたしたちはその間にあるアスファルトの道の上に座り込んでいた。
この場所、見たことがある。
でも……どうして、あたしはここにいるの?
どうして、体中が痛むの?

どうして、こんなに……泣いているの？
何が起こったのかわからなかったあたしは、目の前にいる彼に聞いた。
「何が……あったの？」
「覚えてない？」
「うん……」
衝撃が大きすぎて、頭の中が真っ白だ。
いや、真っ白と言うより空っぽに近い。
「俺、ここからすげースピードで降りてきて」
彼が指さした所には、緩やかなカーブを描いた本線と繋がる急な坂道があった。
「あんたがいるのが見えなくて。そのまま自転車でドッカーンと」
ドッカーンじゃないよ。
心の中で呟きながら、彼を見る。
隣には籠が変形して、倒れている自転車があった。
あたし……この自転車に激突された？
「マジ、ごめん……」
謝る彼を見る。
整った顔をしている彼だけど、話すと幼いと思った。
Ｔシャツにジャージ姿、肩からエナメルバッグをかけた彼は子犬のような目でじっとあたしを見つめて。
「痛い……よな」
「え……」
「めっちゃ泣いてるし」
「あ。ほんとだ。ごめんね」
泣き顔を見られて恥ずかしくて慌てて拭いた。
「いや。謝るのはこっちだから。ほんとにごめん」
再び彼は頭を下げて、もう一度顔を上げた。
「怪我は？　してない？」
「うん。大丈夫……だと思う……」
時間が痛みを和らげていた。

激しい衝突のせいで、痛んでいたお尻も背中も自転車があたったのであろうお腹の痛みも、少しマシになってきている。
マシになってきた、といってもお腹はまだジンジンするけど。

お腹に手をあてると彼が言った。
「送るよ。家、どこ？」
「家？」
「そう。あんたの家」
「あたしの……家？」
「え？」
「家？」
「何、言ってんの？」
「どこだろ……わかんない……」
「……嘘だろ」
あたしの頭の中は本当に空っぽになってしまった。

彼の押す自転車の荷台に座っている。
「いいよ。歩くよ」
と言うが
「ダメ」
彼はそれを許さない。
どこも怪我をしていないと思っていたけど、あたしの右足は流血していて。
取りあえず……俺んちで手当てをしようと言われた。
「これからのことは、そこで考えよう」とも。

彼の家は海辺の高台の上にあった。
まわりの自然に調和した小さい二階建ての家だった。
頭上に見える空は、薄紫色の世界へと代わろうとしている。
「どうぞ」
そう言われて門をくぐり、家に入る。

「ここで待ってて」
彼は玄関を指してそう言い、居間らしき部屋へ入っていく。
「あれ？　どこだ？　どこ行った？」
薄暗い玄関に腰かけて待っているとリビングから彼の声が聞こえ出し、同時に、バタン、ガタン、ドシン。とあらゆる音を立てだした。
「大丈夫……？」
首を伸ばして彼に聞く。
「んー！　多分大丈夫っ！　ちょっと待ってて‼」
言って、顔だけ出す彼。
笑った顔が子犬みたいで憎めないなぁと思った途端。
「うわぁーっ！」
彼は、押入れからあふれ出てくる物の下敷きになって。
でもこちらを見て、笑って言った。
「あった」
彼が持ってきた物を見て、救急箱を探していたことがわかった。
彼はあたしを玄関に座らせると手当をし始める。慣れた手つきに驚いて
「救急箱は見つけられないのに、手当は得意なの？」
少し茶化すように言う。
「うん。俺、よく怪我するし！」
あどけない笑顔に添えられた言葉は少しバカで。
思わず笑ってしまってから聞いた
「どうして？」
「陸上部だから」
「そうなんだ」
「そう。家では怪我なんてしないけど。部活中はよく怪我するなー。まーかすり傷ばかりだけど」
「へぇー」
走ることを思い出しているのであろう彼の鼻歌が聞こえそうだった。

気づけば、あたしの右足は消毒され、丁寧に絆創膏が貼られていた。
「できた」
「ありがと。じゃ、次はあたし」
「え？」
「あなたも怪我してる」
彼が持つピンセットをもらって、コットンに消毒液を含ませた。
彼の腕に出来た擦り傷にそれを塗りこんで、絆創膏を貼る。
「気づかなかった。サンキュ」
と、歯を見せて笑う彼を少しだけ……可愛いと思った。

貼り合った絆創膏にはキャラクターの絵が描かれていて。
あたしは女だから白猫の絆創膏でも違和感は……まぁ少しだけど。
彼の筋張った腕に貼られた白猫の絆創膏は、可愛すぎて笑いがこみ上げてくる。
貼ったのはあたしだけど。
あたしは彼の腕で気持ちよさそうに寝ている猫を見つめながら聞いた。
「この絆創膏でよかった？」
「うん。今、これしかないから」
「こんなに可愛いの使うの？」
「これ、妹のだから」
「妹さんいるんだ」
「うん」
彼が優しい目をして、笑った。
それにしても、
どうしてこんなに気安く話せるんだろう……
初対面なのに、初めて会った気がしないんだ。
わからないけど。
温かいような……
懐かしいような……不思議な感覚に襲われていた。

あたしは彼を見つめて、そっと聞いた。
「ねぇ。あなたの名前……教えて?」
「俺?」
「うん……」
「俺は、真瀬侑成」
「マ、セ?」
「うん」
トクンと胸が音を立てた。
「なんだか嫌な名字だね」
「は? ケンカ売ってる?」
「売ってない。売ってない。素直にそう思ったから」
「素直って余計たち悪いだろ」
「そっかな」
「そうだよ」
「下の名前で呼んでいい?」
「……いいよ」
「侑成……君」
「君はいらない。侑成にして」
「うん。……侑成」
少しだけ声が震えた。
「あんたは? なんていうの?」
「あたし?」
「もしかして、また?」
「うん……わからない」

記憶の断片が雪で埋まっている感覚だ。
ひとつひとつ記憶を手探るけれど、雪が降っている場所にくると途端にわからなくなる。
でも……何か、ないかな……
辿(たど)るようにして自分に問うた。
あたしの名前は、何?

と、その時、何かがフワフワと浮かんでくる。
誰かの声。言葉……
『……ちゃんって名前まで綺麗だよね……
羽……美しい……
なんか……』
羽？
美しい？
脳裏に浮かぶのは二つの漢字。
羽、美……？

「ウミって読むのかな……」
それをそのまま読んでみた。
「ウミっていうの？」
「わかんないけど。多分」
「ウミって妹と同じ名前」
「ほんとに？」
「じゃあ、とりあえず、ウミでいいか」
ポツリポツリと答えたあたしに彼は"ウミ"という名前をくれた。
「うん」
「じゃあ、ウミ。よろしく」
「うん」
そして、あたしたちは握手をした。
温かい手だった。
「とりあえず、どうしようか……」
「うん……どうしよっか……」
あれから、居間へ通されたあたしの前には、波々と注がれた麦茶がある。
あたしが一口それを飲むと、彼がまた言った。
「どうしようか……」

日はすでに落ちていた。
窓から見える夜空にぽつほつと星が光り始めている。
知らない人の家で知らない人と一緒にこれからのことを考えているなんて。
どう考えても危ないし…
"あたし"らしくないと直感で思う。
そう思いながらも"あたし"らしいの意味も問うてしまった。
"あたし"は一体誰なんだろう？
"あたし"はどこからきて
どこへ帰るんだろう？
じわじわと締め付けられたような気持ちになる。
喉の渇きを感じて、もう一度お茶を飲んだ。
飲み終えてテーブルの上にグラスを置くとその奥で彼が言った。
「なぁ、ウミ。これ何本？」
彼は自分の顔の横でピースサインの形を作っている。
「二……本？」
聞かれたので答えた。
「正解。じゃあこれは？」
今度は、自分のグラスを指さしている。
「グラス？ えっと……違う？ 麦茶って言えばいいの？」
「どっちも正解。じゃ次はこれ」
「ふきん？」
「じゃあ、今度はあれ」
「ティッシュ」
じゃあ……と繰り返し問われた問題は、10問ほどあった。
どれも部屋に置いてある小物の名前を問う問題。
「窓、テレビ、机、椅子……」
あたしは侑成の質問に答えていく。
彼は何がしたいんだろう？
首を傾げると彼はあたしを指さして言った。
「じゃあ、最後に……これは？」

「あたし？」
「名前は？」
「ウ、ミ？」
「名字は？」
「……わから……ない」
「年は？」
「……わからない」
「学校は？　友達は？」
「……わから、ない」
「住所は？　家族構成は？」
「わからない」
そこまで答えてわかったことがあった。
あたしは、あたしに関する全ての記憶を失っている。
雪の下に埋もれた記憶は、全て自分自身のことだった。
彼もそれに気づいたみたいだ。
「あー。マジかー。ほんとにわかんねぇんだ」
「……うん」
"記憶喪失"
こんなこと、ドラマや映画だけの話だと思っていたのに……
まさか自分自身に降りかかるなんて。
あたしは口をぎゅっと閉じる。心臓がドキンドキンと動き出す。
信じられない……
信じたくない

「どうしたらいいんだろうな……」
静けさの中で、彼の呟きが耳に届いた。
どうしたらいいのか
あたしにもわからない……
不安と憤りを感じながら彼を見た。
彼は目を瞑り、腕を組んで独り言を漏らしている。

「ウミは誰なんだ……」
考えてもわかるはずもない問題を真剣に問うている。
「俺も知らん」
初対面だもんね
「考えてもわかるわけないか」
そしてすぐ、肩を落とす。
深刻な問題なのに、彼といると時々笑ってしまう。
彼は目を瞑ったまま、独り言を続けた。
「じゃあ、帰る家がない場合は？　あ、違うな。帰る家が思い出せない場合だ」
「……」
「思い出せないとは？　わからないとは……」
「……」
「それは……迷子？　迷子の場合は……」
「……」
「警察？」
ポロリと零れた言葉に目を見張る。
「警察、行くべき？」
閉じていた目を開き、彼が言った。
「なんで俺すぐに気付かなかったんだろう。ウミの親も友達もみんなお前を探してるよな。こんな所でのんびりしてちゃダメだよな」
沢山の言葉を並べた彼は、立ち上がり、あたしに向かって手を伸ばす。
「行こう」
「……警察に？」
「うん。多分それが一番いいと思う」
「……」
「俺もついてるから」
「……」
「ウミの家が見つかるまで、俺も一緒に待つよ」

彼の言葉には迷いがなかった。
多分、そうすることが一番いいのだろう。
顔も思い出せないあたしの両親は、きっとあたしのことを探すはずだ。
家には……帰りたいと思う。
家のことを思うと、心の内側が温かくなる。
多分、そこには優しい家族が待っているのだと思った。
この手を取って、警察へ行けば。
あたしは元の世界へ帰れる？
あたしは"あたし"を思い出す？
それは望んでいる答えのはずなのに、伸ばされた彼の手を取れない自分がいた。
「ウミ？　行こう？」
グッと彼の手が近づいてくる。
手を取らなきゃ……
そう思ったと同時にあたしの手が震えだす。
その後、全身までもが震えだした。
「どうした？」
歯をカタカタと鳴らすあたしの隣に彼がしゃがみ込む。
「あたし……帰りたく……ない」
「え？」
「もう少しだけ……ここにいたい」
目を上げる。
彼は困ったように目を細めていた。
あたしは彼を見つめて言った。
「迷惑はかけないようにするから。お願い、侑成……」

2

「とりあえず、これ使って」
「うん」
「俺のだけど。背もそんな変わらないし大丈夫だろ」
「うん。ありがと」
手渡されたのは、たたまれたTシャツとハーフパンツ。
彼とあたしの身長差は5センチほどだった。
あたしが女子にしては高いのだけど。
「何でも好きに使っていいし」
「うん」
「なんか困ったらいつでも言って」
「うん」
「他には……何かある？」
頼れる人が侑成しかいない……
と、いうことと
この人なら、頼っても大丈夫……
なぜかそう思ったあたしは"警察"ではなく"侑成"を選んだ。
彼はNOとは言わなかった。
それは彼の優しさなのか、罪滅ぼしなのかはわからないけれど
あたしはその行為に甘えることにした。
でも、
「……ご家族は？」
突然知らない女が家にいたら、侑成の家族は驚くだろう。
もしかしたら、侑成が怒られちゃうかもしれない。
少しだけ冷静になったあたしは小さな声で聴いた。
「いつ帰ってこれるの？」
「誰も帰ってこないよ」
「え」
「俺、今、一人暮らしだから」
「一人……なの？」

「うん。俺んち離婚して父子家庭だから。父さんは出張でほとんど帰ってこないし」
そうなんだ……
明るい彼には似合わない現実に、声が出なくなってしまった。
「そんな暗い顔すんなよ。今時、離婚なんて珍しくないだろ？」
「そ、そうだね」
そう。覚えていないけど
あたしの家だって不仲かもしれないし。
そんなこと、子どもには関係ないはず。
「だから、ウミの気持ちの整理がつくまでここにいていいよ」
「うん……ありがと」
彼の声色が優しくて、つられるように微笑(ほほえ)んだ。

それからあたしはお風呂に入って、侑成が作ってくれたチャーハンを食べた。
所々焦げていたけど美味しかった。
夜ごはんを食べ終えると、彼は一通り家の中を説明してくれた。
一階には台所とリビング。洗面所とお風呂とトイレ。
二階には、三つ部屋があった。
侑成は一番手前の部屋の扉を開けて言った。
「寝る時は、この部屋を使ってくれたらいいし」
「え。でも、ここって……」
「俺の部屋」
「侑成の？」
「男の部屋なんて嫌だろうけど。エアコンがあって使っても大丈夫な部屋がリビングと俺の部屋だけだし。さっきウミが風呂に入ってる間にちゃんと片づけたから大丈夫なはず」
何が大丈夫なんだろう……と思いながらあたしは言った。
「あたし、リビングでいいよ？」
「お前を一階に寝させて。俺が自分の部屋で寝んの？
泥棒でも来たらどうすんだよ」

157

「……来ないでしょ」
「もしかして。つーのがあんの。俺は今日から大事なお嬢さんを預かるわけだし」
「どんな子かもわかりません」
「バカやろ。あんな綺麗に箸を使うやつが大事に育てられてないわけないだろ」
「え……」
「食事の仕方も、仕草も、言葉遣いもお前すごく丁寧だよ。大切に育てられたのがよくわかる」
「……」
「だから、俺。ウミを家に戻すまで。全力でお前のことを守るから」
「……」
「頼りないと思うかもしれないけど、全力で頼れ」

お兄ちゃんだなぁ……って、思った。
守るべき存在を持っている人の強さを見た気がする。
あたしにお兄ちゃんがいたかはわからないけれど
いたらこんな感じなのかな？
侑成の妹さんは、幸せだな……
「じゃあな。おやすみ」
そう言って、彼が扉を閉めて階段を下りていく。
「ねぇ！」
あたしは閉まった扉を勢いよく開けて、すでに階段下にいた彼に声をかけた。
彼は立ち止まり、あたしのことを見上げる。
「いくつなの？」
「俺？」
「うん」
「15！」
15歳……。

中学三年生……？
しっかりしてる。
「それだけ？」
「うん……今は、これだけ」
「わかった」
「また聞きたいことが出てきたら、聞いてもいい？」
「いつでもどーぞ。じゃあな」
「「おやすみ」」

布団の中に入って、今日のことを思い出している。
思い出すといっても……夕方の坂の下で侑成とぶつかった以降しか思い出せないけれど……。
激しい衝撃と共に過去の記憶を全て失くしたあたしは、今、知らない男の子の家にいる。
本当にこれでよかったのかな……
あたし、これからどうなるのかな……
見慣れない天井を見ていると容赦のない不安が一度に押し寄せてくる。
あたしは唇をかみ、手元の布団をギュッと握った。
布団から香りがする。
それは……侑成の香り。
あぁ……そうか。
これは彼の布団で。
『頼りないと思うかもしれないけど、全力で頼れ』
そう言いきってくれた、彼の部屋だ。

爽やかな香りに包まれながら、放たれた迷いのない言葉を思い出していると心がじわじわと温まってくる気がする。
すると、また彼の声が聞こえてきた。
『俺、ウミのこと、全力で守るから』
記憶をなくした現実に、たしかに不安はある。

でも、あたしは、一人じゃない。
彼の言葉と笑顔を思い出しながら、あたしはそっと目を閉じた。
気づけば、あたしは寝ていた。
彼の匂いがする布団の中で
朝を迎えた。

窓から差し込む日差しに気付いて、目を開ける。
デジタル時計は7：30と表示されていた。
……もう朝だ。
あんなに不安だったのに。あたしはこの布団で寝ていたんだ。
ありがと。
布団に呟(つぶや)いて、寝床を整える。
その後、部屋の隅に置いてある鏡で自分の姿を見た。
少し目が赤いかな。
なかなか眠れなかったせいもあってか目が少し腫れぼったい。
あたしは、髪を二つに結んでから身なりを整えて。
タンタンと音を鳴らし階段を下りていく。
台所の方からベーコンが焼けるいい匂いがする。
「おはよ……」
「おう。おはよー！」
台所に顔だけのぞかせると振り向いた彼が言った。
今日も相変わらず元気だ。
「もうすぐ飯できるから、顔洗って来いよ！」
「うん。ありがと」

顔を洗ってきたあたしは、侑成の作ってくれた朝ごはんを食べている。
トーストにベーコンエッグ。
相変わらず焦げてはいるけど、彼の作る料理はおいしい。
「侑成。美味しいよ」
「マジか。よかった」

「明日はあたしが作るね」
「いいよ。寝てろ。疲れてんだろ」
「ううん。昨日いっぱい寝たから大丈夫」
「そっか。じゃ……早く起きた時だけ手伝って」
「うん」
言いながら、彼が焼いてくれたトーストをかじる。
焼き過ぎて硬いトーストだけど、沢山食べたくなる不思議な味だ。
ガシガシと音を立てながらトーストをかじっていると侑成が言った。
「なぁ、ウミ？」
「何？」
「今日からウミの記憶を探す旅に出よう」

3

「ねぇ、侑成。どこ行くの？」
「決めてない。ウミが思い出しそうな所を当てもなく行こうと思って」
「……じゃあさ、一番初めに行きたい所があるんだけど」
「どこ？」

「って、ここ？」
「うん」
あたしが侑成を連れてやってきたのは、地域に一つはありそうな、衣服が安く買えるお店だ。(今朝起きた時、侑成の部屋からお店の看板が見えた！)
あたしが持っていた手提げ袋の中には、青い本と紙切れと財布が入っていた。
財布の中には、思っていた以上に現金が入っていて——
「色々、欲しいものがあってさ」

あたしは必要な物を買いに来た。
着替え、下着、靴下、など。
生活に必要な物をいくつか買いたかったんだ。
侑成に借りられるものには限度があったから。

それにしても、このお店安いなぁ。
助かる。
侑成は店舗の端に並べられた本棚の前にいる。
あたしは立ち読みしている彼の背中を盗み見ながら、思った。
そんなに沢山は買えない……
　（それほどお金がないということもあるけれど）
あまり長居をして、侑成の負担になってはいけない。
『気持ちの整理がつくまで、ここにいていいよ』
そう言ってくれた優しい彼のためにも。
あたしは早く気持ちの整理をつけて、元の暮らしに戻らなくちゃ……。

賑やかな店内でそんなことを思いながら通路を歩くと右側に試着室が見えて。
その横にズラリと並べられた物が見えた。
「これ、可愛い」
吸い寄せられるようにそのコーナーへ行ったあたしは、ストライプ柄の布を手に取った。
季節限定のそれに貼られていたのは、大きな赤札。
セール！と書かれた値札の訂正された数字に驚く。
半額になっている。安い！
なんか……欲しいな……
着る機会なんてないかもしれないけど……
でも、すごく欲しい。
あたしは"うん"と一つ頷き、それを籠にいれて、レジへと向かう。

そして
「侑成、お待たせ」
「おう。全部買えた?」
「うん。買えた」
「じゃあ、行こっか」
「うん!」

お店を出ると焼けつくような真夏の日差しが降り注いでいた。
空は、ぎらぎらと白っぽい。
あまりの眩(まぶ)しさに手をかざし、目を細めた時、視界が陰った。
「え……?」
「かぶっとけ」
落ちてきた声の主の顔は、あたしには見えない。
代わりに見えるのは、先ほどまで侑成が被っていたキャップのツバ。
あたしはそのツバを少し上げて、彼を見る。
彼は太陽を背負って微笑んでいた。
キラキラした太陽の光の中にいる侑成に
「ありがと」
そう言って、微笑みかえした。
それからあたしたちは、ハンバーガーショップへ行って、昼食を食べて。
高台にある侑成の家へ帰るのかと思っていたら……
「こっち」
「あれ? 侑成の家って、こっちだっけ?」
もともと方向音痴で道に迷いやすいあたしだけど、知らない道だということはわかる。
この道を通った記憶はないけど……
「こっちからも帰れるの?」
「いや。ちょっと、散歩でもしようかと思って」

海沿いの堤防を彼が歩く。あたしも隣を歩いた。
澄みきった空は濃淡のない青色をしていた。
柔らかなそよ風が頬を撫でて流れていく。
風が流れた先を見ると、そこには侑成の横顔があった。
癖のある髪が風に流されて、彼の顔立ちをはっきりと見せている。
彼の濁りのない瞳と、呼びかける話し方には幼さが残っていて、
"少年"の印象が強すぎたから、わからなかった。
彼は、こんなに整った顔をしていたんだ……。
気づけば、コバルト色に晴れ渡る空の下で海を眺める彼を見ていた。

彼と出会ってから何度も思う。
キラキラと晴れ渡る空と
陽の光を受けて、輝く海
それらは、彼のためにあるのではないかって。
彼は、眩しい世界がよく似合う。
キラキラと輝いて、綺麗だ。
「ウミ、疲れてない？」
「大丈夫だよ」
「そっか。よかった」

二人で肩を並べて歩く。
侑成の部活の話や好きな食べ物の話。学校の出来事や気の合う友達の話。
色んな話を聞きながら歩いた。
しばらく歩くと空は青色から茜色に変わってきた。
もう……夕方なんだな……。
左側から波の音が聞こえる。
大きく小さく耳にこだまする。
「よ。おばちゃん」
「どしたの、侑ちゃん。可愛い女の子連れて。もしかして彼女？」

「違うよ！」
海に気を取られていると反対側で声がした。
見ると侑成が小さなお店の前にいるおばさんと話していた。
「おばちゃんはもう店じまい？」
知り合いなのかな？
心を許すかのような彼の話し方に目を奪われる。
「そうだよ。侑ちゃん。何かほしかったかい？」
「ううん。何も……あ、ウミは？」
聞かれて、戸惑う。
ここは何を売っているお店なのだろう。
一見、駄菓子屋さんのように見える小さなお店だけど……
さっき欲しいものは全部買ったし。
買い忘れはないよね？
「あたしも大丈……夫」
と、言いかけて、
「あ」
声を出してしまった。
それは、目を上げた看板の下で揺れている旗に書かれた文字を見つけたから。
「何だい？」
おばちゃんが問う。
「えっと。これ……ください」
あたしはそれを指さして言った。

＊＊＊＊＊

あたしの手には、ソフトクリーム。
「特別大サービス！」
そう言ってくれたおばちゃんのおかげで。見たことがないくらい大きくまかれている。
侑成に

「好きなのか？」
と聞かれて
「うん。大好き」
と答えた。
「だから、ハイ」
そう言って、ソフトクリームを持った手を彼の方へと伸ばす。
「え？」
「侑成にあげる」

呆然と立つ彼の手にソフトクリーム。
似合ってるのか、似合ってないのか、どちらかよくわからない。
「どこかに座って食べよう？」
あたしは彼の手を引いて歩き出した。
浜へ続く階段に、二人並んで腰かけた。
侑成は手に持っているソフトクリームをぼんやりと眺めている。
「食べないの？」
「俺、ソフトクリームって食べたことないなって思って」
「ほんとに⁉」
「うん。アイスはほとんど食べない」
そうなんだ……
「じゃあ、初めてのアイス？」
「いや、ある。小っちゃい時だけど。その時は、名前なんだっけな……青いパッケージで、棒付きのアイスなんだけど。中にたくさん氷が入ってて」
「ガリガリ君かな？」
「おぉ。それだ、ガリガリ君！　近所のおばちゃんがくれたんだよ」
想像してしまった。
ガリガリ君と名付けられた長方形の青いアイスを頬張る侑成の姿を。
似合うな……と思うと、笑みが零れた。

「じゃあ、ガリガリ君にすればよかったね」
「いや、何でも嬉しいよ。でも、なんで俺にくれんの？」
侑成が真っ直ぐにあたしを見る。
あたしは借りているキャップを深く被って、呟いた。
「昨日と……今日のお礼」
「お礼？」
「家に置いてくれて……ありがと」
「礼なんて言うなよ。俺のせいなんだし」
「そうかもしれないけど……。侑成がいてくれるから」
「……何？」
「なんか、歩ける」
下手くそな表現だと思った。
よくわからない感情に支配されたあたしは、素直に言葉を零していた。
でも、その言葉の真意が他人に伝わるとは思い難い下手くそな言葉、表現だ。
自分の語彙力の乏しさに肩を落とす。
意味、わかんないよね
突然こんなことを言われて、侑成も困惑しているだろう…
そう思っていたのに。
「そっか」
空に向かって呟いた彼は、こちらに向き直り、優しく微笑んで。
「なら、よかった」

それから侑成はソフトクリームを食べて。
「うわ。甘っ」
眉間に皺を寄せて。
「ほれ」
あたしに渡そうとする。
おばちゃんがプラスチック製のスプーンを二本さしてくれていた。
一つしか買わなかったから、一緒に食べると思ったのかな。

そんなつもりじゃなかったのに。
「ウミも食えよ」
自分のスプーンを持ったまま彼が言う。
あたしは胸の前でブンブンと手を振って。
「あたしはいいよ」
「好きなんだろ？」
「うん……だけど、侑成にあげたものだし」
「でも、俺、食べきれねぇわ」
「ご飯はあんなに食べるのに？」
「甘いものは別腹」
別腹って、違う意味で使う言葉だと思うんだけど……
口元に手を当ててクスクス笑っていると、グイッと押し出された
ソフトクリームが目の前に来た。
「だから、ほれ」
「い、いただきます」
観念したあたしは、スプーンを抜いて、ソフトクリームをすくっ
て食べる。
「わっ、おいし！」
「……」
「んー」
「はは」
食べていると、突然彼が笑い出した。
なぜ笑われたかわからなくて、手を止めて「……何？」と聞くと
「ほんとに好きなんだな」と言う。
「え？」
「スゲー幸せって顔してる」
「そう……かな」
恥ずかしくなって、目を逸らした。
「ん」
なのに、逸らした視界の中にもまたソフトクリームが現れて、驚
いて彼の方を見る。

目が合うと彼は言った。
「悪い悪い。もっと食えって」
笑みの形をした茶色の瞳はどこまでも澄んでいて、綺麗だ。
彼の優しい瞳はどこか人を吸い込む力があると思う。
吸い寄せられるように見つめてしまう。
「好きなんだろ？」
「うん…」
「ほら、俺はもう食べたから。残りは全部お前の」
そう言って、差し出されたソフトクリームは、少しだけしか減っていない。
残りはって……
これ、侑成に買ったのに……
侑成、ほとんど食べてないじゃん。

「じゃあ、半分こしようよ」
「これ、どう見ても半分にする食べ物じゃない気がするけど」
「でも、一個も食べられないし」
「ウミも？」
「うん。多いよ。いつもよりも大きいし。普通サイズだって食べきれないのに」
「マジか」
そう言って、彼は笑って。
「じゃあ、俺はこっち側から食べるわ。ウミは反対な」
「うん」
二人の間にはソフトクリーム。侑成が持ってくれて、互いでスプーンですくって食べる。
甘い。冷たい。美味しい。
その感情はいつも通りのはずなのに、味覚が鈍っていく気がした。
美味しいよ？
美味しい……
でも……

侑成がいて、ソフトクリームがあって、あたしがいる。
ソフトクリームを挟んでいるとはいえ、侑成との距離が先ほどよりも近くて。
近すぎて。
真正面なんて見れない。

俯き加減で食べているから、味覚が鈍るのかな……
大好きなはずなのに、ソフトクリームのことだけに集中できないよ……
言葉が途切れた後の数秒の沈黙の時間、心臓が高鳴り始め、頬が火照っていく。
あたしはそれを悟られないように声を出した。
「美味しいね、侑せ」
「うおー！」
その時、突然彼が叫んだ。
え?!
「ど、どうしたの？」
「やっぱ、あめぇー！」
「あ、甘いって……？」
甘さを堪えすぎて、おかしくなっちゃったの?!
「ごめんごめんっ！　そんな苦しいならいいよっ！」
「大丈夫！　うめぇー！」
慌てて止めようとするも、侑成は海に向かってそう叫びながら、自分の分を全て食べた。
お礼のつもりだったのに。
なんか悪いことしちゃったかも……
食べ終わった後も、残る甘さに悶える侑成に「ごめんね」と呟くと
「謝んじゃねぇ」と言われた。
「だって」
「うまかった」

そして彼はニッと笑う。
少し見えた八重歯が彼らしいと思った。

＊＊＊＊＊

その後、家に帰り、夕食を作った。
彼の家の冷蔵庫には、昨日のチャーハンに使った人参と玉ねぎが残っていた。
卵もハムもあったから、それを使って二人でオムライスを作った。
侑成の分は大盛りにした。
彼は、喜んで食べてくれた。

夕食を食べ終わり一緒に片づけをしてから、あたしは先にお風呂に入る。
そして、今日買ったばかりのTシャツに短パンをパジャマ代わりに着て、ゲームをしている侑成に声をかけた。
「侑成、お風呂先にありがとう」
「あぁ」
侑成はゲーム機を手に持ったままチラッとこちらを見て、すぐまた視線を戻した。
「あたし、そろそろ寝るね」
「うん。おやすみ」
侑成はテレビを見たまま答える。
「おやすみ」
あたしはそう言ってから、二階に上がり、侑成の部屋へ入った。

昨日は混乱していたから、すぐに電気を消して寝床に入ったけれど、今日の心は安定していると思った。
それは侑成の部屋を見回すゆとりがあったから。
彼の部屋には、勉強机とシングルのベッド。
カーテンは爽やかなブルーの色をしていた。

本棚には沢山漫画が並んでいる。
机の上は適度に散らかっていて、本棚などは、適度に片づけられている。
どこにでもありそうな普通の男の子の部屋といった感じだった。
勉強机の側に貼られたポスターには2012年8月と書かれてある。
そっか……今は8月。
夏休みなんだ……。
ずっと、侑成が傍にいてくれる理由がわかった気がした。
あたしは夏の真ん中で、記憶を失ったんだ――。
ポスターの横には、大きな窓があった。
その向こうに暗闇の中で、輝く真ん丸の月。
まわりには、小さな星も瞬いている。
高台にある侑成の家は、あたりの景色がよく見える。
今は暗くて見えないけれど、景色の奥には海が広がっているはず。
あたしは窓辺に近づいて、夕方、侑成と一緒に過ごした海を思い出しながら、思った。

今日は、何も思い出せなかったな……
今朝、侑成は
「ウミの記憶を探す旅をしよう」
そう言ってくれたけど、あたしの記憶を無理やり掘り起こすようなマネはしなかった。
今日は、一緒に買い物に行って、キャップを借りて。
海辺でソフトクリームを食べて、夕飯の買い物をして。
ご飯を作って、一緒に洗って片づけて。
まるで兄弟みたいに、家族みたいに。
あたしたちは、二人きりの時間を過ごした。
その時間は楽しくて、あっという間に過ぎてしまったけど……
このままじゃいけないことはよくわかっている。

あたし……侑成の負担になってないかな……

いつまでここにいていいのかな……
侑成は、どう思っているのだろう。

窓の外を見ながらそんなことを考えていると、一階からカチャリと音がして。
気づけば、満月が光る暗闇の中に侑成の姿があった。
あたしは思わず窓を開けて
「侑成ー」
上から呼んだ。
彼は顔を上げると
「まだ寝てないのかよ」
そう言って笑う。
「どこ行くの？」
「コンビニ」
「あたしも行っていい？」
「ダメ」
「えー」
「女はダメ。この辺物騒だから。夜は外に出ない決まりだ」
真瀬家の決まりなのかな。ちょっとふくれてみた。
「あたしも行きたかったのに」
「牛乳が切れてたから買いに行くだけだよ。何か欲しいもんあったら買ってくるけど」
「別にないけど……」
「ないのかよ」
侑成はククッと肩を揺らし笑うと
「鍵かけたから、絶対開けんなよ」
そう言って、歩き出す。
「侑成」
あたしは彼の背中に声をかけた。
「何？」
彼がまた振り向く。

「気を付けてね。いってらっしゃい」
「あぁ」
彼が片手をあげて去っていく。
侑成が坂を下っていく。彼の姿はもう見えない。
あたしはベッドに腰を降ろし、壁にもたれて。
坂の下へ消えていった緩(ゆる)やかな波を描くくせ毛を思い出しながら思った。
一緒に歩きたかったな……
もう少しだけ
侑成としゃべりたかったのに……。
「もういいや。寝よ」
あたしは、半分ふてくされながら寝床に入った。

布団からは、侑成の匂いがする。
あたしは彼の匂いに包まれて目を閉じる。
落ち着くかも……
傍に彼はいないけど、一人じゃないって思えるんだ——
意識が半分くらい遠ざかった頃、遠くの方でカチャリと音がした。
侑成が……帰って……来たのかな……
おかえり、侑成……
心の中で途切れ途切れにそう呟く。
侑成がこの家にいると思うと途端に安心して、一気に睡魔に襲われた。
「おやすみ、ウミ……」
しばらくして、低い声が聞こえた。
けれど、その声は現実の物なのか、夢の世界の物なのか
あたしには区別がつかなかった。

4

それからあたしたちは、記憶を探す旅を続けた。
旅っていうほどの物じゃないけど……
侑成と一緒に買い物へ行ったり
海へ行ったり、公園へ行ったり
そこでゆっくり話をしたり、二人で遊んだり……。
こんなことで何か思い出すのかな……と思ったけど、侑成に焦った様子はなかった。

あたしは少しずつ焦りだしていた。
カレンダーの数字が一つずつ減っていく。
彼の夏休みが終わってしまう。
いいのかな……
大丈夫かな……
夕飯を食べている途中、あたしは侑成に言った。
『あたし……元の場所に戻れるかな？』
って。
今すぐ戻りたいわけじゃない。
できることなら、まだここにいたいと思う。
でも、侑成のことが気がかりだった。
優しい彼の本音が聞きたかったのかもしれない。
すると侑成は、しばらく黙りこんで。
その後、淡く笑って言ったんだ。
『この町の大抵の所は行ったから、明日からは隣町へ行ってみようか』って。

翌日、あたしたちは、駅へ向かった。
あたしにとっては知らない駅だ。
切符を買って、改札を潜り、駅の中に入る。
左手には売店、頭上には電光掲示板がある。

駅内は、聞き覚えのあるアナウンスが絶えず流れ続けていた。
駅内には溢れかえる人の波。
それに流されそうになり、あたしは思わず侑成の背後に隠れた。
彼の肩越しに見えるのは、色んな制服。
色んな顔、笑い声、大きな口……
人、人、人。
あらゆる人で埋め尽くされる空間を
　　　　怖い
そう直感で思った時、ビリっと痺れるような感覚に襲われた。
恐怖が悪寒となり、一本の矢のように真っ直ぐに足元へ落ちていく。
休の中を走り抜けた痛みに耐えられず、その場に蹲ってしまった。
「ウミ？」
視線を合わせるようにしゃがみ込む侑成は眉根を寄せ、あたしを見る。
「大丈夫か？」
心配そうに見つめる彼に
"うん。大丈夫"と、返事がしたいのに、
声が出ない。
心臓が凍りつくように痛くて、あたしは声の出し方を忘れてしまったかのようだ。
息が浅くなって、呼吸がしにくい。
彼は、あたしの丸めた背中をさすりながら、言った。
「ゆっくりでいいから。息を吐いて。そう。次は吸って　　　　……」
冷静な彼に誘導され、あたしはそれを繰り返す。
「大丈夫だから」
「……」
「安心しろ」
「……うん」
やっと声を出すことができた。

呼吸が整い出した頃、あたしは「ゆうせい」と口を開いた。
「どう？　まだ気分悪い？」
「ううん。大丈夫……」
「よかった」
「でも……」
「何？」
「出たい。ここには……いたくない……」
侑成はあたしの肩に手を回し、抱えるようにしてホームを出る。
顔にも体にも沢山冷や汗をかいていた。

「悪かった」
駅を出て、すぐ近くにある広場のベンチに座ると侑成が言った。
「ううん。侑成は悪くないよ。謝らないで」
「……」
あたしが悪いんだ。
早く彼の世界から出なきゃいけないと焦ったあたしが――
結局、あたしは侑成の町を出ることができなかった。
あれから侑成は、この町を出ようとしない。
普段通りの日常を、あたしを連れて繰り返していくだけ。

あたしは、このままでいいのかな？
「迷惑になってない？」
あの駅での出来事から三日が経ち、侑成との暮らしが一週間たった日曜日の夜、夕食のイカと里芋の煮物を頬張る侑成に向けて、あたしは言った。
彼は驚いたように目を見開き、喉に詰まったのであろう里芋をお茶で流し込むと
「迷惑って？」
と、聞き返してきた。
「もう、一週間も侑成の家で暮らしてるから……」
後、一週間で８月が終わってしまう。

「迷惑だなんて、そんなこと、思う訳ないだろ」
彼がもう一口麦茶を飲んだ。
「でも……」
「この間は無茶させたって、反省してる」
あたしの目を見て彼が言う。
「え?」
「俺、駅に連れてったじゃん。ウミの体、拒否反応を起こしただろ?」
「……うん」
そう。あれは拒否反応なんだと思う。
あたしはまだ、この世界から出たくないの?
元の世界には、戻りたくない?
自分自身に問いかけるも、答えはわからない。

「俺もどうすることが正しいのかよくわかんねぇけど、あんな風なウミはもう見たくないしさ。だから思ったんだよ。記憶をなくす前のウミもしていたような、散歩とか掃除とか飯とか。まぁ時々勉強とか? ありふれた日常を繰り返すうちに、断片的にでも思い出してくれたらなぁって思ってる」
「……」
「いつかそれが繋がったら、ウミは帰ればいいよ。元いた場所に」
「それで……いいのかな?」
大丈夫?
迷惑じゃない?
あたしは声を出さずに聞いた。
瞳の奥に眠る言葉を彼は感じ取ってくれたのだろう。
彼はそっと
「ウミは早く帰りたい?」
「……」
ううん。と、首を横に振りたかった。
でも、そうしていいのかわからなくて、俯くと。

「ゆっくり行こうぜ」
包み込むような声で彼が言う。
「だから、これからもどこかへ行って、怖かったりイヤだったりしたら、すぐに言えよ」
「……うん」
そして、彼はどこまでも優しく守ってくれる。
「ほら、食えって。ウミが作ってくれた飯だけどな」
そう言って笑う彼に安心感を覚える。
「うまいわこれ。最高」
彼の言葉は真っ直ぐで、行動は温かくて、心に染みてくる。
あたしはまだ、そんな彼の側にいたいと思った……

もし、神様がいるのなら
もう少しだけこの場所にいさせて。
あたしから侑成を…
この幸せを、奪わないで……
強く、願った。

5

翌日の朝、いつもよりも早く起きてきたはずなのに、リビングにはもう冷房が効いていた。
侑成、起きてるのかな？
リビングを見回すも侑成の姿はない。台所に少し焦げたトーストと目玉焼きが置かれていた。
今日も作ってくれたんだ……
キッチンにいるかと思い足を運ぶも、そこにも彼はいなかった。

「侑成？」
キッチンから小さな声で彼を呼んでみると

「ウミ？」
遠くの方で声がした。
声がした方は……玄関。
玄関へ続くドアを開けると、玄関に腰かけるジャージ姿の侑成がいた。
「どうしたの？　こんな早くから」
「スパイクの修理してた」
そう言う彼の手には、白色に青いラインが入った運動靴がある。
よく見ると、靴底にはいくつかピンがついていた。
彼は専用の金具を使って、そのピンを外していく。
「全部はずしちゃうの？」
玄関に腰かけて、スパイクの手入れをしている彼の横にしゃがみこんだ。
「あぁ。今日から練習始まるし」
「陸上部、だっけ？」
「そう。もうすぐ大会なんだ」
侑成は靴底についた泥や水分を丁寧にふき取り、すり減ったピンを交換して、スパイクカバーをかける。
スパイクの手入れって初めて見た。
こんな風に大切に扱うんだ……
侑成はそれを専用の袋にしまうと
「今日は指定練習日でさ。どーしてもいかなきゃなんない」

彼はこの一週間、傍にいてくれた。
陸上部の練習、ずっと休んでくれていたのかな？
そういえば……夜、外出した時の侑成の服装は、上下オソロイのジャージ姿だった。
もしかして、走りに行っていたのかもしれない。
あたしに気を使わせないように「コンビニに行く」と、言ってくれたのかな？
「それでさ、ウミには悪いんだけど……」

申し訳なさそうに語尾を弱める彼に向けて、あたしはにこりと微笑んだ。
「うんっ！　わかった！」
「え……、俺まだ何も言ってない」
「侑成が帰ってくるまで待ってるね！　家の掃除でもしとくよ！」
「掃除はいいって。ゲームでもしてて」
「あたし、ゲームしたことない」
「マジか」
「マジです」
「俺は、高級な猫を拾ったんだな」
そう言って、侑成が微笑んだ。
「練習が終わったらすぐ帰ってくるから」
「うん」
「よっしゃ」
侑成はその場に立ち上がり、ぐーと伸びをして
「じゃあ、行ってくる」
傍に置いてあったエナメルバッグを肩にかけて、無防備な笑顔を見せた。
開かれた玄関から夏の光が斜めに差し込んでくる。
眩しすぎて、目を細めた。
「俺が帰ってくるまで、誰も入れるなよ」
一歩動いて振り返った彼のお陰で光は遮断され、また彼の顔がよく見える。
「うん。わかった」
つられるように微笑むと、彼はあたしの頭をポンと撫でて
「行ってきます」
光の中へ消えていく。
あたしは慌てて光の中へ駈け込んで、後ろ姿を見送った。
「侑成ー！　いってらっしゃーい！　気を付けてねー！　急いでまた誰かとぶつかったらダメだからねー！」

「うっせー！」
言いながら小さく手をあげた彼の姿が見えなくなるまで見送る。
彼が角を曲がった。

ささやかな幸せの時間が終わってしまい、家へ戻ろうと踵を返した時だった。
————『気を付けていくのよー。ちょっとくらい遅れたっていいんだからねー』
白い光の中から、誰かの声が聞こえた気がした。
それは、女の人の声。
誰？
心地よいその声をもう一度聞きたくて、キョロキョロと周りを見回す。
でも、早朝の道路には、あたし以外誰もいなくて。
……空耳かな？
そう思ったあたしはそれ以上、深く考えず、家に入る。

冷房を消して、窓を開けて。ダイニングテーブルに座り、パチンと手を合わせて。
「頂きます」
侑成が焼いてくれたイチゴジャムがたっぷり塗られたトーストを頬張った。
やっぱり所々硬いけれど、美味しい。
侑成の作ってくれるご飯は、世界で一番美味しい。
開けっ放しの窓から、気持ちの良い風が入り込んできた。

* * * * *

侑成がいなくなって、あたしはお茶碗を洗い、リビングから繋がる小さな庭に洗濯物を干す。
それが終わると、掃除機をかけた。

掃除機をかけるのは久しぶりだったのかな？
埃っぽい印象の家が、スッキリとした気がする。
気持ちがいいな……
このまま二階も掃除しちゃおう！
そう思ったあたしは掃除機を二階へ運んだ。
侑成の部屋に掃除機をかけると、細かなゴミを吸い取って部屋がドンドンきれいになっていく。
お布団も干したいな。
なんだか全て綺麗にしたい気分だ。
お日様に当たったほかほかの布団でスヤスヤと眠る侑成の寝顔を思い浮かべながら——
あたしは布団を干すための場所、ベランダを探した。
彼の部屋にはベランダがなかった。
このお家のベランダは、どこにあるんだろう……
よその部屋にあるのかな？

あたしはベランダを探すため彼の部屋を出て、廊下に立った。
二階には、侑成の部屋とお父さんの部屋と誰も使っていない部屋の三部屋がある。
侑成の部屋以外のどちらかだよね……
お父さんの部屋に入ることを躊躇したあたしは、誰も使っていないと説明された部屋の扉をそっとあけた。
正解だった。
がらんとした部屋の奥には広いベランダが広がっている。
狭いけど、長い。
そんな形のベランダだ。
でも、あたしは……
その部屋の中央に置かれているものを見た瞬間、動けなくなってしまった。
「ピ、アノ……？」
その部屋の真ん中には、グランドピアノが置かれていた。

部屋にはメトロノームや置時計はあるけれど。ピアノ以外に大きな家具は見当たらない。
ここは……ピアノを弾くためだけの部屋？
時が止まっているように感じた。
薄暗い部屋の中にポツンと置かれているピアノは、うっすらと埃を被っていて。
もう何年もピアノとしての役目をはたしていないのだろう……と思った。
吸い寄せられるようにピアノに近づく。
ピアノがあたしを呼んでいる気がした。
触れたくなった。
艶(つや)のある黒のピアノを撫でて鍵盤蓋をあけて。
現れた白黒の鍵盤を叩いて、和音を響かせ、音色(かね)を奏でたい。
あたしの胸の奥深くに眠る感情を指先にのせて、音に変換したい。
あたしはピアノが弾きたい……
指が引き寄せられていく。

どこまでも黒く。ずっしりと重い鍵盤蓋を開けようとした時、ガコンと鈍い音がして、何かが落ちた。
その音が部屋中に響いている。
ハッと我に返り、自分がしていたことに気付いた。
あたしは、何をしているんだろう。
よそのお家の大切なピアノに、勝手に触れようとしていたなんて。
慌てて手を引っ込めて、後ろへ下がる。
伏せた視線の先に、木製の置物が落ちていた。
もしかして、これが落ちた音だったのかな？
ピアノの上に乗っていた？
拾いあげてみる。
それは、写真立てだった。
写真の中に映っているのは、真新しい学ランを着た侑成。
今よりも幼い顔をした大きめの制服に身を包んだ彼の隣には、三

歳くらいの女の子。
ピンク色のワンピースを着た女の子は、隣に座る綺麗な女の人と手を繋いでいる。
綺麗な女の人は、多分、侑成のお母さんだろう。
目元が似ている。
……優しそうな雰囲気が似ている。
じゃあ、この女の子は、侑成の妹さんかな？
『ウミって、妹と同じ名前』
ウミちゃん……
こんなに小さい妹さんがいたんだ――……

あどけなく笑う瞳の大きな可愛い女の子と、その横で微笑む綺麗な女の人に向けて、あたしは言った。
「こんにちは」
初めて見た侑成の家族に頭を下げて。
「お邪魔してます」
写真の中の彼女たちが、笑ってくれた気がした。

あたしは、窓の横にある棚に写真立てを置いて、そそくさとピアノ部屋を出た。
心がざわざわと音を立て始めたからだ。
触れられないピアノの側にいることは苦しい。
弾きたい、奏でたいと。
心が体が、あたしの全てが、叫んでいる。
ピアノに触れて、あたしは一つ思い出してしまった。
あたしはピアノを、愛していた―――

侑成の部屋に戻り、絨毯の上にペタンと座る。
傍に置いていた手提げかばんを開けると、そこに入っていたのは、財布と青い本とボロボロの紙。
ボロボロの紙には、なんて書いてあるのかわからないけれど……

青い本の表紙には「ベートーベンソナタ」と書かれていた。
これはピアノの教本。
赤字で沢山書き込みがされている。どれほど練習していたのかよくわかる。
楽譜を開けると、同時に頭の中で音楽が流れ出した。
あたしは、奏で続ける音色を自分のものにしたくて——
背後にあった侑成のベッドをピアノの代わりにして、空で指を動かした。
連なる音符が曲へと変わっていく。
喜びも悲しみも
全て——……音になり、伝わる。
頭の中で鳴り響く高音の連打が胸に軋む。
そこに漂うのは、作曲家が思い描いたストーリーではなく、あたしだけのストーリー。
苦しくて、儚い。
彼が見た夢ではなく、あたしが見た現実。
小指の先までもが跳ねて、飛び上がる。
頭の中で流れ来る音楽は、
あたしの全てだった。

ピアノが弾きたい……
……弾きたい
…………弾きたい
そう思いながら、ピアノを弾くように指だけを動かしていた。
脳裏に流れ続ける映像は、白鍵と黒鍵を自由に行き来するあたしの指。
音楽がこの世の全てを支配していく。

どれくらいの時間が過ぎただろう。
そんなことを繰り返している途中で、ふと、集中力が途切れた。
音の中に雑音が混じった気がしたからだ。

瞼(まぶた)の外の世界の色が変わっている気がして、あたしはそっと目をあける。
窓の外には、しとしと雨が降っていた。
「うわっ！　いっけない！」
洗濯物っ!!
あたしは階段を駆け下り、庭に出て、洗濯物を取り込んだ。
うわー！
ちょっと濡れちゃったー。（ガックシ）

＊＊＊＊＊

ここでいいんだよね？
この坂を下りて、突き当りを右へ行って。
次の信号を左っと。
右手に傘を持ち、左手にはメモ帳を持って歩くあたし。
雨が降り出したことに気が付いたあたしは、先日行った駄菓子屋さんで侑成の中学校の場所を教えてもらい、おばちゃんが書いてくれた地図を片手に、彼の中学校を目指して歩いている。

坂を下り終え、しばらく歩くと見えた。
「Ｔ中……」
今朝、侑成が着ていたジャージにもＴ中と書かれていたから間違いないはず。
初めて見るＴ中は、想像していたよりもずっと大きかった。
真正面にあるのは、校舎。
西側には、自転車置き場がある。
夏休み中の校舎は、静かで。
小さく聴こえてくる声は、東側からだ。
こっちがグラウンドかな？
あたしは声がする方を目指して歩き出した。

「あ……」
テニスコートを通り過ぎた時、雲が切れて晴れ間が見えた。
傘の中から手を伸ばし、空に向かって手のひらを向けると、雨がいつの間にか上がっていた。
そっと傘を閉じると、フェンスの奥にある広いグラウンドが見える。
と、同時に目に飛び込んできた。
そこにいた一人の男の子の姿が。
彼は、彼の身長の何倍もあるような長い棒を持ち、走っていく。
その棒は地面に着くと同時にしなやかに曲がって、彼の体を持ち上げる。
背面を反らした彼の体は、宙に舞い、時を止めた。
彼の背に、羽が生えている。
羽を広げる彼は、雲をもつかんだように思えた。
青く蒼い澄んだ空に、彼だけが浮かんでいる。
あたしは、真夏の
青空の真ん中で
彼を見つけた。

バーを飛び越えた彼は、重力に従って地面へと戻ってくる。
ドサッと音を立て、大きな緑色のマットに降りてきた彼は、微動だにしない横たわったままのバーを見て、微笑んだ。
そっか。
これが成功なんだ。
人の力だけでは越えられない高さをポールの力だけを使い、ギリギリのラインで超えていく。
それはなんて、気持ちの良いことなんだろう——。
彼の感じる喜びと熱がこちらまで伝わってきそうだった。
見たことがない表情で、愛おしそうにバーを見つめる彼に目を奪われる。

これが彼——
侑成が、愛しているもの?
棒高跳び——
初めて、棒高跳びというスポーツを見たあたしは、その場から動けなくなった。

「誰か待ってんの?」
「どうしたの?　すげー可愛いよね。テレビの取材かなんか?　もしかして、アイドル?!」
「どうした、どうした?　うわっ。何、この美少女‼」
フェンス越しに侑成を見つめていると、知らぬ間に人だかりができていた。
侑成と同じジャージを着た男の子たちが、フェンス越しに声をかけてくる。
大きくて、汗臭くて
目がギラギラしていて
——怖いっ
思わず肩をすくめた時、
「怯(おび)えてねぇ?　この子、マジ可愛いんだけど!」
誰かが大声で言った。
助けて。
そう思って、グラウンドを見る。
騒ぎに気付いたのであろう
キョトンとした顔でこちらを見ていた侑成と目が合った。
「ゆうせい」
聞こえるか聞こえないか
それくらいの声しか出なかった。
でも彼は、
「ウミッ‼」
叫ぶようにそう言って、全力で走ってきてくれた。
「退(ど)け!　邪魔だ!　練習しろ!」

一瞬で野次馬を蹴散らし、あたしの前は侑成だけになる。
乱れた息を整えることもなく、侑成が早口で言った。
「どうした?!」
「か、さ……」
「へ？」
「雨が降ってきたから……傘……持ってきた……」

―――違う。
先ほどの男の子たちとは全然違う。
少し出てきた喉仏も、低くなりそうな声も
あたしと変わらない身長も
全部、違う。
侑成も汗で濡れているけれど――
彼の汗は違う。
雨で濡れたかのように綺麗だし
嫌悪感は、ない。

「あー、雨？　小雨だろ？　あんなの雨のうちに入んねーよ」
「そ、そっか……」
「でも、ありがとな」
ニッと笑った顔が見れて、嬉しかった。
「もう終わりだから、そこで待ってて。一緒に帰ろう」
「うん」
「あ、ウミ。フェンスから離れて待ってて。一人にさせるとまた
あいつらが集まってきそうだし」
「……わかった」
「じゃ、後でな」
「うん」

そう言って微笑むと、侑成はグラウンドの中央へ走りだす。
すでにみんなが集まっている輪の中へ飛び込むと、そちらから沢

山の視線を感じた。
ジロジロと見られている。
部外者だもんね……
侑成の部活仲間の男の子たちは、あたしを見た後、侑成と話し出した。
でも、その声は聞こえなくて——
何を話しているんだろう？
男友達と一緒に、談笑する侑成。
小首を傾げて彼らを見ていると、侑成はバシバシバシと叩かれていた。
全然痛そうな叩きかたじゃない。
どちらかというとじゃれている感じ。
友達と絡み合って遊ぶ侑成が可愛くて。
ずっと見ていたくて。
あたしは、フェンスに張り付いたまま彼を見ていた。

そんなあたしの視線に気づいたのだろう。
ふっとこちらを見た彼は
「あっち」
と、口の動きだけでそう言って。
グラウンドの奥にある木をツンと指さす。
あたしは一つだけ頷いて、木陰に座って待つことにした。

「ウ〜ミっ！」
「わっ！びっくりした！」
「へへ。成功」
「成功じゃないよ。突然出てこないで」
「おうよ」
突然背後から出てきた侑成にそう言って、その場に立つ。
スカートの下に敷いていたハンカチをたたんで鞄にしまうと、侑成は木に立てかけていた二本の傘を手に取って

「行こっか」
と、言う。
「うん！」
あたしは声を弾ませ、返事をして、侑成と歩き出した。
隣にいる人は、先ほどまで光の中にいた人。
グラウンドでみんなに囲まれていた彼があたしの傍にいる。
なんか……違う人みたいだ……
あたしの前に伸びる影は二人分。
影の中のあたしの右手と侑成の左手は、繋いでいるようにも見えて。
寄り添って歩く影は、まるで恋人同士みたい——。
違うけど。
そんなじゃないけど……

侑成とあたしは、飼い主と飼い猫。
そんな関係だけど……
それでもあたしは嬉しかった。
彼の側を歩くことができる今を
心から幸せだと思った。

＊＊＊＊＊

侑成と一緒に色んな話をしながら帰る。
高台にある侑成の家までの道のりは、上り坂が多く、苦痛に感じるであろうこの坂道も、彼と歩く時間が楽しくて、苦痛になんてならない。
あたしは歩きながら、初めて棒高跳びを見た素直な気持ちを彼に話した。
「侑成すごかったよ！　かっこよかった！」
「ん？　何が？」
「棒高跳び。あたし、初めて見た」

「あー、マジ？　初めてなんだ。ウミの学校にはないの？」
「ないんじゃないかな？　覚えてないだけかもしれないけど"初めて見た！"ってインスピレーションで思った」
「そっか。まぁ、やってない学校がほとんどかもな」
彼は優しく笑って、真っ青な空を見上げて言葉を続ける。
「その分、やってるヤツはすごい奴が多いからさ……」
「うん」
「次の大会、勝てっかな……」
「大会って、いつ？」
そっと聞いた。
「一週間後。中学最後の大会だから、結果を残したいんだ」
そっか……それが終われば、引退なんだね。
「侑成ならできるよ」
「言いきってくれんじゃん」
「うんっ！　言いきるよ！」
「……なんで？」
「だって、すごかったもんっ‼」
「なんだそれ」
そう言って、彼が笑う。

あたしの脳裏には、空中で背を反らす彼の姿が浮かんでいた。
彼は一週間後の大会でも、果てしなく高く跳ぶのだろう。
どこまでも高く跳び上がり、誰よりもキラキラと輝くんだ。
雲をも掴みそうなほど跳び上がる彼のしなやかな体を、純粋にすごいと思った。
もし、あんなことができたらなら
「世界が変わりそう――」
ふと言葉が零れ落ちた。
それはあたしの本心だ。
もし、空高く跳べたなら。
もし、鳥になれたなら――

193

見える世界も変わるのだろうか。
「だといいんだけどな」
彼は前を見て呟く。
その声色が彼の物ではないような気がして、あたしはそちらへ向き直る。
彼は疲れたように微笑んで。
「帰ろう」
「う、うん」
あたしたちは、広告塔の前の大通りを歩いて帰った。

数年前から張られているのであろう、広告塔の色褪せたポスターの中にいるバスケットボールを持ちコートを走る男の人と、その陰にある二つの瞳が、あたしたちを見ていた。

6

それからあたしたちは、買い物を済ませ家に帰り（今日は侑成のリクエストでハンバーグにした。ミンチ肉も安く売ってたし！）、一緒に昼食の準備をし、食べ終えて時計を見ると、まだ2時だった。
晩ごはんの準備をするのは、早すぎるよね？
洗濯物はまだ少し濡れているから、たためないし……
今、時間あるよね……？
先ほどから天井部分をチラチラと見てしまう自分がいた。
疼く感情を抑えられなくて、ゲーム機の準備をしようとしている侑成に、あたしは言った。
「……侑成？」
「んー、何？」
「ピアノを……弾かせてください」
「ピアノ？」

「そう。二階にあるでしょ？」
「あぁ……見たんだ」
「ダメ、……かな？」
微かに震える声は、自分の声じゃないみたい。
ここでダメだと言われたら、あたしはどうなってしまうのだろう。
ピアノのことを思い出すだけでも、胸が震える。
鍵盤に触りたくて、指が疼く。
ギュッと目をつぶってから、もう一度開く。
再び目が合うと、彼は優しい声で言ってくれた。
「いいよ」

侑成と二人で二階のピアノの部屋へ来た。
防音設備が整っているわけではなさそうな、質素なピアノ部屋。
あたしはピアノに近づいていく彼の後ろ姿をじっと見つめる。
彼はピアノを通り過ぎ、棚の一番上に置かれている木の箱から鍵を取り出した。
鍵盤蓋をあけ、譜面台を立てた彼は
「どうぞ」
と、言う。
「うん……」
おそるおそるピアノに近づいた。
「楽譜は？」
「いらない」
「覚えてんの？」
「うん。あたし、耳がよくて……楽譜を見るより覚えて弾く方がいいの」
「そっか。じゃあ終わったら声かけて。下で待ってる」
そう言うと、彼は部屋から出て行こうとする。
「待って！」
あたしは思わず引き留めてしまった。
「何？」

彼が振り向く。
「侑成にも、いてほしいな……」
「どうして?」
「どうしてって……」
どうしてそんなことを言ったのか。
自分でもよくわからないけど
「えっと……」
この気持ちを言葉にすればきっと
「一人で、弾きたくないの」
「……」
「一人に……なりたくない」
「わかった」
そう言うと彼は窓辺に手をかけて空を見る。
あたしは、彼の背中を横目で見ながら、鍵盤に指をおいた。
恋い焦がれた音が紡ぎ出された。

あたしは無心でピアノを弾いた。
奏でるように、囁くように
時に強く、時に優しく
偉大な作曲家が作った名曲を自分の体を通して、音へと変えていく。
その時間はとても居心地がよくて——。
その世界へ入り込んだあたしは、いつものように時間を忘れて、ピアノを弾いていた。
いつからだろう——
こんなにピアノが好きになったのは……
どうしてだろう——
この世界をこんなにも愛するようになったのは——……

『音楽はカンタービレ。歌うように奏でるの』
『カンタービレ?』

『そう。全てには物語がある。それは曲となり、歌となり、人の心に響くわ』
『……』
『ずっと強いだけじゃ届かない。でも、弱いだけでもダメ』
『難しいな……』
『自然とできるようになるくらい、音楽を愛して。歌うように奏でて』
『先生……もし、それができたら、みんなあたしを褒めてくれる?』
『えぇ』
『みんな、あたしを認めてくれる?』
『あなたの才能は、十分に認めているわ』
『あたしを好きになってくれる?』
『私はあなたのピアノが大好きよ』
『ピアノじゃなくて、あたしなの。あたしは"あたし"を好きになってほしいのっ』

演奏の最後は、フォルティシモ。
力強くその世界を表現し、幕を下ろすはずだった。
けれど、孤独の中で歌われたその音は、掠れるほどに弱く、小さく——
幼子が弾いたその曲の最後は、ミスタッチ。
途切れるように終わりを告げてしまった。
——失敗。
あんなに練習していたのに
あんなに愛していたのに
最後の最後で失敗するなんて……

鍵盤から指を降ろしたあたしは、ゆっくりと顔を上げる。
空の色がセピア色に変わっていた。
どのくらいピアノを弾いていたんだろう?

時間も忘れて、弾いてしまっていたんだ。
ふと、目を横に流して、気づいた。
窓際に侑成がいたことを。
黄昏が彼の後ろ姿を濃く包み込んでいる。

どっぷりと
ピアノの世界へ入り込んでいたあたしは、侑成の存在をすっかりと忘れてしまっていて——
うわ……どうしよう。
一人になりたくないだなんて言って……
あたしは侑成を一人にしちゃった。
ごめんっ……
そう声にしようとした時、彼がゆっくりと振り向いた。
けれど、逆光に照らされた顔はよく見えない。
その時、彼の口元だけが動くのが見えた。
「なぁ……ウミ」
こちらを見つめて彼が言う。
何？
心の中で答えた。
「大切な人を……」
「……」
「なくした世界を知ってる？」
心臓を掴まれたような気がした。
声が出なくて、彼を見つめる。
「なーんてな。お前の音楽があまりにも悲しいから、ちょっと感傷的になった」
「……」
「悪い。今の忘れて」
それだけ言うと、彼はあたしの横を通り過ぎ、ドアノブを引いて部屋を出て、階段を下りていく。
あたしは、慌てて駆け寄って

「侑成！」
階段の上から呼んだ。
階段の真ん中あたりにいた彼は前を向いたまま立ち止まり、何も言わない。
振り向きもしない。
あたしは、微動だにしない彼の背に向けて言葉を放つ。
「忘れないよ」
「……」
「さっきの言葉……忘れられないよ」

あんな侑成を
あたしは見たことがない。

悲しみをひそめた目を
忘れることなんて、できない。
眩しくて
いつでも輝いている
そんな侑成に、あんな言葉は、似合わない。

けれど彼は、前を見たまま言った。
「猫の記憶力は悪いから。半日もしたら忘れるよ」
「……猫じゃ、ないよ」
呟く声は彼には届かない。
彼は階段を降り切ると
「よっしゃ！　レベルアップすんぞっ！」
ゲームの話をしながら、リビングへ入っていく。
あたしはそんな侑成の横顔を見ていた。

7

あの日から二日が過ぎた。
侑成の話は気になるけれど……
あたしたちは、その話題に触れることはなく、日々をやり過ごしていた。
それは侑成の試合まで後3日になったということもあると思う。
試合前に……あの悲しい目をさせるわけにはいかないと思った。
陸上部の練習は毎日ある。
けれど、侑成は練習へ行くのをしぶった。
指定練習日だけでいいと言うんだ。
あたしはそれを全力で拒んだ。
「大会まで後3日しかないんだよ！　行って！」
なぜかわからないけれど、スポーツマンにとって毎日練習を続けるということが、どれほど大切なことかわかっている気がしたから。
「ねぇ、侑成。休まないで？　行って」
「でもな」
「あたしは、一人で大丈夫だから」
「そう言われてもな……」
侑成は困ったように頭をかいた。
練習には行きたい。
けれど、この家にあたしひとりを残していくのも心配だ。
そんな感じなのかもしれない。
あたしは、困り果てている侑成に向けて、へへと笑って
「その代わり」
と、条件を出した。
「いいよ」
あたしが出した条件は、
『ピアノを弾かせてほしい』
だった。

『侑成が練習している間、ピアノを弾いて待ってるよ』
『半日も？』
『半日なんて、あっという間だよ』
『そりゃ、あんだけ弾けるわ』
そう言って、彼は安心したように笑って、練習へ行ってくれるようになった。
その方があたしも嬉しい。
侑成には心置きなく、最後の大会に臨んでほしいと思うから。

そして、あたしは、気づいてしまったんだ──
ピアノを弾くと、その時愛した音楽と共に、失くした記憶の欠片たちが一つ一つ蘇ってくるということに。
それはまるで、パズルのピースみたいだった。
あたしは、優しい音色と共に落ちてくる小さなピースを拾い集めていた。
多分、今のあたしは……無くなった記憶の半分を、取り戻したように思う。
まだうまく繋ぎ合わせることができないだけで。
小さなピースたちの帰る場所が見つかれば。
それらが一つの絵になれば……
あたしは"あたし"を取り戻す。
そんな予感がしていた。
そうすれば、侑成とお別れしなくちゃいけない──
この生活が終わることは、とても悲しいことだけど。
仕方のないことだと自分に言い聞かせながら、ピアノを弾いた。
侑成と過ごす時間が増えれば増えるだけ。
別れ際の悲しみも増えるような気がするから。
この優しすぎる日常を
手放せなくなる気がしたから──……

ピアノ部屋へ行ったあたしは、椅子に腰かけ、鍵盤蓋を開けて、

白鍵を叩いた。
始まりを告げるのは、ソの音。
音楽と共に頭の中で流れる映像は、昨日見た空高く舞い上がる侑成の姿だった。
ボールを自分の体の一部のように自在に使いこなしていた彼。
高みを目指して跳び上がる彼を想像するだけで、心が満たされていく。
あたしは彼を想いながら、ピアノを弾いた。
こんなに優しく、包み込むように、けれども、躍動的に弾いたのは、初めてだった。
取りつかれたように指を動かし、音楽の世界へ入りこんでいく。

切り取った写真を眺めながら、ピアノを弾いていると
"早く…"
どこかから声がする？
誰？
"早く……帰って来い"
低い声が聞こえる。
それは男の人の声で。
あたしは、その人の声を……知っている気がする。
"今、どこにいる？"

あたしは、深く目を瞑り、指の速度を落とす。
アップテンポの曲から、静かな曲へと移行させた。
すると、脳裏に広がる景色までも変わっていく。こんな経験初めてだ。
真っ青な世界から白くぼんやりとした映像に切り替わった。
そこにいるのは三歳くらいの男の子と女の子。
真っ白なシーツを絡ませて遊ぶ子どもたちは、手と手を取りあい、肌を寄せあう。
誰にも聞かれないように内緒話をしている。

女の子が笑うと男の子もつられるようにして、笑っている。
ぼんやりと見える彼らの笑った顔は———……
よく、似ている。

曲が第二楽章に入った。
また映像が切り替わる。
二人は少し大きくなったみたい。
真新しい赤いランドセルと黒いランドセルを背負った二人は
『行ってきます!』
誰かに手を振って、玄関を飛び出した。
けれど、走ることはない。
二人は手を繋いで。足並みを揃えて。
学校へと向かう。
『ドキドキするね』
『ともだち100人できるかな』
『できるよきっと!　だって幼稚園で歌ったもん。先生も言ってたもん!　学校は楽しいよって!』
『楽しみだね』
『うん!』
二人は、ずっと一緒にいる———
女の子は、きっとあたし。
それは、わかる。
もう一人の男の子は、誰だろう……?
兄弟?
あたしには、兄弟がいた?

男の子の顔をよく見たくて、眉根を寄せて目を凝らす。
靄(もや)が晴れ、彼の顔が少しずつ見え始めた時———
"どこにいる?"
まだ……
懐かしい声が脳裏に消えては現れる。

あたしの声は届くのかな……
彼に。

"あなたは、誰？"
そっと聞いた。
"……遥斗"
"ハ、ルト？"
"そう。お前の双子の弟だ"
弟……
"なぁ、美羽、お前今、どこにいるんだよ"
"美羽ってあたしの名前？"
"そうだよ。いいから早く質問に答えろよ。
見えるのは海と鍵盤だけ。この間は、空も見えたけど"
彼には時々、あたしが見ている世界が見えているということ？
それが双子の力？
テレパシー、みたいなこと？

繋がる声は途切れ途切れ。
まるで脳と脳で糸電話を繋げて話している感覚だ。
"ずっと探してる"
え……
"家族全員、お前のことを探してる"
家族……
"早く帰って来い"
直接脳裏に響く慣れ親しんだその声に、あたしは安心していたのだろう。
あたしは素直に彼の質問に答えていた。
"今、あたしは――……"
その時
――ポーン
微かに音が聞こえた。

それと同時にあたしの指が止まり、部屋中に響いていたピアノの音も鳴りやむ。
映像も途切れ、男の子の声も聞こえなくなった。
視界に映し出されるのは、あたしの指と弾いていたピアノ。
あぁ……そうか。
あたしは現実に帰ってきたんだ。
——ピンポーン
そう確信した時、もう一度、音が聞こえた。
はっきりと聞こえたその音は、玄関のチャイムの音だった。
『俺がいない時はチャイムがなっても出なくていい』
侑成にそう言われているので、今まで出たことはなかったけれど……
……誰だろう？
なぜか繰り返されるチャイムの音を無視できなかったあたしは、窓から玄関を見下ろした。
そこに立っている人を見て、あたしは慌てて階段を駆け下りた。
ドタドタドタ———
と、階段を下りる音がドアの外にも聞こえていたのだろうか。
あたしが玄関のドアの前に立つと、ドア越しから声が聞こえた。
「侑……成……？」
それは、儚げで、綺麗(はかな)な声だった。
その声が少し震えている気がして、
"侑成、ごめんね"
あたしは心の中で彼に向けて謝ってから、扉を開けた。
そこには、女の人が立っていた。
彼女は目を伏せたまま、言った。
「ごめんなさい……来ちゃいけないって、わかってたんだけど……ピアノが……聞こえたから」
そこまで言うと、女の人は目を上げた。
その表情に、ハッと息を呑む。
彼女の頬には、涙が伝わっていたから。

両目から真っ直ぐに涙を落とす女の人を、どこか懐かしく思う自分がいた。

あたしは、この人を知っている?
この人は、誰?
じっと彼女を見て、気づいた。
「あ……」
目の前に立つ女の人は、ピアノ部屋に置いてあった写真の中にいた人だった——。

第四章

〜果てない過去〜

1

ジュージューと音がする。卵の焼ける匂いがする。
「ウミー。早く食おうぜ！」
「こ、これだけっ！　卵焼きだけ焼いたら行くから！」
台所に立つあたしはすでに並べられた朝食の前でお箸を持ち、スタンバイしている侑成に向けて、慌てて言った。
「わかったー」
そう言うと侑成は、テレビに目を移した。
手元の卵焼きの裏側は、焦げていた。
あたしは、あちゃーと声を漏らして、焼けたばかりの卵焼きをまな板の上に乗せる。
今日の陸上部の練習は昼からだと聞いていたので、今日の朝ごはんはあたしが作ろうと思ったんだ。
いつも侑成に作ってもらってばかりだし。
あたしは普段ママが作ってくれるような和食の食事を用意した。
ご飯に味噌汁
のりと卵焼き
卵焼きは火加減が強かったみたい。裏面が焦げてしまった。

「それでは、次のニュースです」
テレビからは、様々なニュースが流れ続けている。
ラジオのように流れ続ける声を聞きながらあたしは卵焼きに包丁を入れていく。
「昨日N市で起こった事件ですが、まだ犯人は捕まっておらず現在行方を追っています」
「N市って近くじゃん。まじかよ、こえーな」
テレビに向けて、独り言を漏らす侑成に最後の一品の卵焼きを出した。
「侑成、できたよっ！　ちょっと焦げたけど」
「うおっ！　うまそうだな。サンキュ、ウミ」

「うん」
彼の屈託のない笑顔を見ると、あたしもつられて微笑んでしまう。
嬉しいな……
作ってよかったな……
あたしは、へへと笑ってから食卓へ着いた。
朝ごはんを食べ終えると、二人で食器を洗った。
その後一緒に洗濯物を干して、窓をあけて掃除機をかけて……
一通り終えると侑成が言った。
「なぁ、ウミ？」
「何？」
「ウミのピアノ、聞かせてよ」

最近、侑成はそう言ってくれるようになった。
あたしは嬉しくて。
コクリと一つ頷いて、二人で二階へと上がる。
あたしはピアノの椅子に腰かけ、侑成はいつもの定位置である窓際へ。
窓の桟に手をついて、空を見上げていた。
静かで温かい。二人だけの時間がここに流れている。
あたしはそっと目を瞑り、聞いた。
「どの曲がいい？」
「なんでもいいよ」
目も合わさずに話すあたしたち。
ピアノを弾く前はいつもそう。
音楽の世界へ入り込む準備をしている。
いつも通り……
なんでも……か。
「わかった、決めたよ」
あたしはそれだけ言うとピアノを弾き始めた。

彼のために弾く曲は、ポップで明るい曲だ。

それは——……
先日聞いた彼の言葉が胸のどこかに引っかかっているから。
あたしは、彼がまたあんなことを言わないように。
悲しみに引きずられないように。
リズミカルに、幻想的に、躍動的に。
いつもよりも指を跳ね上がらせて、ピアノを弾いた。
楽しく、軽やかに。

そう思って弾いているはずなのに……
ゆったりとした曲調に変わった時、あたしが思い出したのは、昨日見た口紅がついた紅茶のカップだった。
次に見えるのは、涙を流した彼女の顔。
聞こえてくるのは、彼女が並べた言葉だった。
『ごめんなさい。来ちゃいけないってわかっていたのに……
ピアノが……聞こえたから……』
侑成と似た瞳を持つ女の人は、とめどなく涙を零しながらそう言った。
そして、ゆっくりと言葉を続ける。
『あの子が……侑成が……また、弾いてるのかと思って——』
「あの、……今のは……あたしが……弾いていました」
掠れる声を繋ぎ合わせるように答えると、彼女は綺麗なハンカチで涙を拭いて言った。
「ごめんなさいね。お家、間違えちゃったみたい」
「え?」
ぺこりと会釈をした彼女は、踵を返そうとする。
あたしは彼女の背に向けて。
「ここ、真瀬さんのお家です!」
「え? ……真瀬?」
「はい。だから、間違ってません」
何を根拠に、と言われたら困るけど、口が勝手にそう動いていた。
「じゃあ、あなたは、もしかして……侑成の……彼女?」

「えっ？」
「あの子、いつの間にこんな可愛い彼女を……」
そう言いながらオドオドし始めたその人に、何て説明したらいいのかわからなくて
「勝手にお邪魔してすみません」
とだけ言って、頭を下げる。
「ううん。もう私の家じゃないから——」
声が出ない。
そんなあたしに彼女は優しく悲しい微笑みを見せてから言った。
「侑成は……元気ですか？」
母親の目だった。

＊＊＊＊＊

それからあたしは、彼女をお家へ招いて、紅茶を用意して、出した。
「ありがとう」
女の人はそう言うと、優しい笑みを見せる。
昔、彼女が買ったであろうポットでお湯を沸かし、ティーカップに紅茶を注ぐ。
その行為はとても不思議で居心地の悪いものだったけれど
「紅茶の淹れ方を知ってるなんてすごいわ」
そう言って見せた彼女の笑みが居心地の悪さを全て解消してくれたように思う。
「いえ」
「それに、すごく美味しい…」
彼女の口角の上げ方、微笑んだ時に下がる目尻が侑成にそっくりだと思った。
そして何より雰囲気が彼に似ている。
優しくて温かい。
ずっと傍にいたくなるような

そんな雰囲気の女の人だった。

「ピアノが上手なのね」
ティーカップを置いて、彼女が言った。
「いえ、そんな……」
「外に聞こえてきた曲、ショパンよね？」
「はい」
「あの子もショパンが好きだったから、もしかしてって、思っちゃった」
「……侑成君も弾くんですか？」
お母さんの前なので、"君"をつけた。なんだか知らない人みたいだ。
「ええ。聞いたことないかしら？」
「はい……」
「そっか。私も最後に聞いたのは二年前。それまではよく聞かせてくれた」
思い出したかのように、彼女が言う。
懐かしむように放たれた声と泳いだ瞳は、どこか寂し気に見えた。
「やっぱりもう……弾かないのね……」
独り言のように呟いた彼女にあたしは言った。
「聞かせて？って、言われます」
「あなたのピアノを？」
「はい」
「そう……」
彼女は目を伏せた。
その瞳はゆらゆらと揺らめいて、涙が込み上げてきそうだ。
彼の目と似ている。
『大切な人を……なくした世界を、知ってる？』
そう言った彼の瞳と——……
あたしは決意した。
彼女に聞きたいことがあった。

「あの……」
「どうしたの？」
「侑成君は……いえ、あの……侑成は……」
けれど、この想いを言葉に変換するのは難しくて。
出かけた声を飲み込んでしまった。
そんなあたしを見て、女の人は首を傾げて優しく言う。
「ゆっくりでいいのよ？」
侑成みたいだ――。
『ウミの気持ちの整理がつくまで、ここにいていいよ』
そう言ってくれた侑成の優しさはきっと
母親譲りだ。

彼女の声に、侑成を思い出したあたしは、コクンと頷いてから、
大きく息を吐いて吸って、言った。
「侑成は……大切な人をなくした世界の中で……
……生きているんですか？」

いつも明るくて、元気で。
キラキラとした光を背負った彼が
その光を薄雲に隠した夕暮れ時、静かにそう言ったから。
あたしは聞かなきゃいけないと思った。
心を揺らし続けるあの言葉を
自分だけの物にしてはいけないと思った。

侑成は何をなくしたの？
どうして、一人で住んでいるの？
彼女は目を見開いた。
唇がフルフルと震えている。

「侑成がそう……言ったの？」
「そう…とは、言ってないけど……"大切な人をなくした世界を

知ってる？"って、聞かれました」
それは同意を求める言葉だと思った。
一人では耐え切れなくなった感情を誰かに聞いてもらいたい。
理解してもらいたい。
そんな言葉のように思えた。
彼女は肩を強張らせてあたしから目を背けると、唇を噛み、視線を落とす。
彼女の体が再び震えて。
「あ、あの……」
あたしはどうしていいのかわからなくて、そっと声を漏らすと、彼女は視線を元に戻して、あたしの目を見て、言った。
「あの子が………そんなことを言うなんて……」
「……」
「あなたには……心を許しているのね……」
「え……」
彼女の両目が涙で潤んでいく。
今にも零れ落ちそうな涙を瞳に溜めて、彼女は言った。
「あなたは、侑成の……支えなのかしら？」

わからない。
そんなにすごい存在じゃない。
でも、あたしたちは一人だった。
互いに互いを必要としていた。

彼女は鞄からハンカチを取り出し涙を拭うと、強い眼差しを向けて言った。
「私がここへ来た理由を……話しても、いいかしら？」
「はい」
聞きたいと思った。
あたしは侑成のことをもっと深く知りたかった。
「今から言うことは、まだ侑成には……言わないで……」

そう言って彼女は話し出した——
ショパンの曲が鳴り響く。
それは、彼が好きだと言った『英雄ポロネーズ』。
重なる旋律の中、聞いたのは、彼が背負った運命と悲しい過去だった。

2

「この家は、妹の雨美(うみ)が産まれるまで
侑成と私と侑成の父親の三人暮らしだった。
私たちはつつましくも幸せな生活を送っていたわ。
侑成が初めて寝返りを打った日。
歩いた日、パパ、ママって呼んでくれた日。
全てが記念日になるほどあたしたちは幸せだった。
あの子は私たちを家族にしてくれた大切な天使だった。

私の趣味はピアノで。
あの子がお腹(なか)にいる時からピアノを聞かせていて、
侑成も物心ついた時からピアノでよく遊んでいた。
あたしが弾くと侑成が笑う。侑成が笑うと主人も笑う。
私たちの生活はピアノと共にあったの。
でもある時、その幸せが崩れていく音が聞こえた。
それは、主人の事業の失敗。
彼はその責任をすべて一人で背負ったわ。
仕事がなくなった主人は、家でお酒を浴びるように飲むようになった。
そして、酒に飲まれて、暴力をふるうようにも……。
でも、決して子どもには手を上げない。
上げるのは、あたしにだけ。
こらえきれなくなった悲しみを暴力に変えて、私に受け止めてほ

しいと言ってるんだろうと思ったわ。
私は彼の悲しみを全て受けとめるつもりだった。
体がぼろぼろになっても。
でも、体と心は繋がっていて——
私の心も疲れ果ててきた。

小学生になったばかりの侑成が
『ママ、ピアノを弾いて』
と言うからピアノを弾く。
けれど私が弾くピアノは悲しい歌ばかりになっていった。
そんな私を励ますために侑成は独学でピアノを練習して、聞かせてくれたの。
明るくて楽しくて、元気の出る曲を。
そんなことを続けるけなげな侑成を見て、主人は泣いたの。
私たちは侑成を愛していた。侑成の愛に答えてやりたかった。
やり直そう。
もう一度、家族を作り直そう。
そう二人で話し合った翌月、私は新しい命を授かった。
彼も働きに出だした。
今度こそうまくいく。そう信じていた。
でも、ダメだったの。一年後、侑成の父親はいなくなった。
この家には、私と侑成と生まれたばかりの雨美が残された。
それから私はがむしゃらに働いたわ。
貧しい生活だった。
侑成は何も欲しがらず、昔父親に買ってもらった古いゲーム機でずっと遊んでくれていた。
私が帰ってくるとゲーム機を片づけて、簡単な料理を作って、ピアノを聞かせてくれた。小さい雨美のおしめを替えて。離乳食を食べさせてくれて。
大切に大切に育ててくれる。
そんな小学生見たことないよね。

でも侑成は、愚痴一つ言わずにやってくれたの。
侑成は私の光だった。
暮らしは貧しくても、小さな雨美の成長を侑成と二人で分かち合いながら暮らす時間は、とても幸せだった。
私たち家族に笑顔が戻ってきた。
私の心が安定し出した頃、私はある人と恋をしたの。
優しくて何もかも包み込んでくれるような人だった。
恋をした私に、侑成は気づいて
『いいよ』って、言ったの。
『再婚しなよ』って。
そして、私は侑成を残して、雨美と二人で彼の家へ行った……」

「どうしてっ」
「え……」
「どうして、侑成も一緒に行かなかったんですか?」
声が震えた。
幸せをくれたのは侑成だと。
侑成は自分の光だったと、彼女はそう言ったはず。
なのに……
「どうして?!」
あたしは、怒りにも似た思いを爆発させた。
「……わからないの」
「え……」
「一緒に行こうって言ったわ。でも侑成は、ここに残ると言ったの。
なぜ?　と聞いても答えてくれなかった。
一緒に行こうよ?　どうして?
何度も執拗に問うと、侑成が言ったの。
『今さら他人とは暮らせないよ』って……
そっか……、と思った。
私にとっては、愛した人でも侑成にとっては他人。

それを強要することはできないって思って、説得するのを諦めた。
でも、私は侑成のことがずっと心配だった。
あの子が寂しい想いをしていないか、ずっと気がかりで……」
「それで……家の前に、いたんですか？」
「そう……。侑成と話がしたくて……」
そう言って、彼女は目を伏せた。

「ウミ、ウミ……」
ゆさゆさと肩を揺らされた。
目の前にはあたしを覗き込む侑成の顔と、その後ろには黒のグランドピアノ。
その光景を見た時、あたしは最初、自分がどこにいるのかわからなかった。
「どうした？　さっきから手、止まってるけど」
「え、あ、ごめん……」
そこまで言われて思い出す、あたしはピアノを弾いていたんだ──

「間違っちゃった」
いつも通り弾けるはずがない。
あたしは、侑成のお母さんと過ごした時間を思い出していたんだから──
あんなことを思い出して、明るい曲が弾けるわけがない──
「悪いな。弾かせてばっかで。そういや、ウミ、毎日練習してるんだもんな」
「ううん。好きだから大丈夫」
「好きだけど、疲れる時もあるだろ？」
「……うん」
「そういう時は」
そう言って、彼の手が伸びてくる。
差し出された手に掴まって立ち上がると

「休憩してろ」
空いた椅子に彼が座った。
「え……」
「俺が弾くよ」
嘘……。
「言っておくけどウミほど上手くない。全然レベルが違うけど。
聞いてたいんだろ？　ピアノが好きな人は、聞くと喜ぶ」

誰を思い出しているの？
あたしは絨毯の上で三角座りをして、目を閉じて、耳を澄ませた。
彼の音がピアノ部屋に鳴り響く。
彼が奏でだした曲は、
リストの『詩的で宗教的な調べ』の中にある曲の一つだった。
なんて曲を選ぶんだろう。
ピアニッシモもフォルテも関係なく、
ディミヌエンドもクレッシェンドもでたらめだ。
その分、彼が作り出す音楽は、彼自身の曲となる。
思わず、目を開けた。
見えたのは、振り下ろされる指。
魂の叫びのように動く指先は、フォルテピアノ。
大きくなり途端に小さくなる。
彼は物語の悲しみを指で、体の重みで、表現していく。
こんな弾き方をする人をあたしは見たことがない。
こんなに悲しく、叫び続ける音楽を、聞いたことがない。

あたしは、強く荒く、けれど脆く繊細な…彼の音を聞いた。
魂の宿ったその音は、あたしの心を震わせて、自然と涙が溢れそうになる。
けれど、あたしは必死にそれを堪えた。

曲から伝わる彼の孤独があたしの中に入り込んでくる。

その孤独は、あたしの中の孤独を呼び、失くした記憶のピースが増えていく。
そのピースは
ひとつ
ひとつと
魔法のように繋(つな)がっていき、
彼の曲が終わった頃、
あたしの記憶のパズルは出来上がってしまった。

あたしは彼の音と共に、
失くした記憶のほとんどを
思い出してしまった——。

今もまだ震える胸は、彼の音楽のせいだろうか。
それとも……
想いを断ち切るように立ち上がり、彼の側に行った。
彼があたしを見上げる。
茶色く澄んだ瞳の中に、小さくあたしが映っている。
「侑成、ありがと……」
「悪い。この曲を弾くつもりじゃなかったんだけど」
「うん」
「好きな曲を弾けるんだって思ったら、これが出てきた」
「……うん」
彼が弾いた曲は、リスト『詩的で宗教的な調べ』の中の
「孤独の中の神の祝福」。
彼はそれを自分の全てで表現した。

彼が本当に好きなのは"ショパン"ではなく、"リスト"なのだろう。
リストは、本能的に音楽を求めた、魂でピアノを弾くピアニストだ。

詩的で繊細なショパンの曲を好きだったのは、お母さんじゃないのかな？
彼は、母のためにピアノを――
ショパンを――……
弾いていたんじゃないのかな……

あたしは立ち上がり、彼に近づいた。
「ヘッタだなー。全然弾けなかったわ」
そう言って、恥ずかしそうに笑う彼の右手を取って両手で包む。
「ううん、すごかったよ」
「お世辞でも嬉しいな、サンキュ」
「お世辞なんかじゃない。ホントにすごかった……」
彼が弾いた曲は、あたしには弾けない曲だ。
長い指と大きな掌を持つ侑成から紡ぎだされた音色は、熱く深くあたしの胸の内を焦がした。
こんな音をあたしは初めて聞いたんだ――。
震えている、今も。
曲に込めた彼の想いが突き刺さるように伝わってくる。
「聞かせてくれて……ありがとう……」
「大げさだな。いつもウミがしてくれてることだろ？」
「……そっか」
「そうだよ」
コクンと頷く。
手から伝わる温もりを感じていると、ふと彼が窓の外に目をやった。
「夏、だな…」
と彼が言う。
「…うん。夏だね」
あたしはその視線を追って、頷いた。

空が青く澄んで光っている。

緑が目に眩しい。
あたしは夏の朝特有の清々しい風景を見ながら言った。
「ねぇ、侑成……」
「何?」
「あたしね、明日……侑成の練習が終わったら、一緒に行きたい所があるんだ」
彼は優しく微笑んで。
「どこ?」
「うみ」
「ウ、ミ?」
「そう」
あたしは高台の部屋から見える海を指さして、言った。
「もうすぐ夏が終わっちゃうでしょ? せっかくだもん。あたし、海で遊びたい」
「いいよ」
彼は朗らかな笑顔を見せてくれた。

3

「やったー! 海だ! 海! 海っ!」
太陽の日差しが降り注ぐ浜辺をビーチサンダルでかけていく。
白い砂浜にあたしの足跡が残る。
その後を辿るように彼がついてきて「転ぶなよー」と背後から声をかけた。
「大丈夫っ!」
侑成の家で水着に着替えてきた。
その上にTシャツ、デニムの短パンを履き、侑成に借りた浮き輪を片手に持って海を目指して走っている。
あたしたちはよく海沿いの道を散歩しながら。もしくは浜辺の階段に座りながら。

白い浜の奥にある輝く海を眺めていた。
そこでおしゃべりをしたり、アイスを食べたりして、楽しい時間を過ごしてきた。
海を見ているだけの時はずっと遠くにあると思っていたのに、走って近づくとその距離は思っていたよりも近く、あっという間に波打ち際に到着した。

あたしが浮き輪を浜辺に置いて、Tシャツを脱ぐと
「うわっ！」
後から砂を踏んで近づいてきた侑成が声を上げた。
「え⁉」
驚いて振り向くと、侑成はソッポを向いた。
目を合わせようとしない……
「どしたの？」
「いや……」
「顔、赤いよ？」
そう言った瞬間、彼の耳まで赤くなったのがわかった。
耳というか、首も……？
もう日焼けした？
「ちょっとビビっただけ。脱ぐと思わなかったし」
あ。なるほど。
「変、かな？」
あたしは思わず視線を落とした。
あたしが着ている水着は、激安ショップで買った白地に紺のストライプ柄のビキニタイプ。
ボトムは短パンのような形になっている。
デザインは女の子らしいというより、スポーティでシンプル。
この水着に一目惚れしたあたしは、悩んだ末、この水着を買ったんだけど……
そんなに変かな？
セール品だから作りが雑なの？

そう思い、水着を確認する。
どこにも変なところはない。
「大丈夫！　可愛いよ！」と心の中で太鼓判を押して、チラリと横目で侑成を見た。
耳まで真っ赤にした彼は、
「いや、別に……誰もいないからいいけど」
ぶっきらぼうに答えた。

誰かに見られたら困るほど、似合ってないってこと？
くっそーっ。
あたしはヒョロヒョロと背が高いだけで、肉付きがいいわけでもないし。（自覚している）
他の人に見られたら恥ずかしい水着姿なのかもしれないけど、そんな風に言わなくてもいいじゃんっ！
ブッと頬を膨らませて、左を向く。
すると後頭部の真ん中で一つに縛っていたポニーテールにも勢いが付き、毛先が右頬にバシッと当たった。
い、痛い……（何をやってるんだ、自分で）
まぁ、こんなことで落ちこんだって仕方ない！
今更、体形は変えられないし！
着替えのＴシャツを持ってきてないから、Ｔシャツ付きで泳ぐわけにいかないし！
侑成に見せるためにこの水着を買ったわけじゃないもん！
今日は、めいっぱい遊ぶって決めてるんだから!!
あたしは、夏を満喫するんだから！

「バカ侑成！　先、行くね！」
あたしは、そそくさと浮き輪をはめて、ポンポーンとビーチサンダルを脱ぐ。
服のままの侑成を砂浜に残して、海の中へ飛び込んだ。
「きゃー、冷たーい！」

侑成なんて知らない。
バカ。
デリカシーなさすぎ。
ブッと膨らんだ頬はそのままに、あたしは沖へ向かって泳いでいた。
多分、ここは、有名な海水浴場じゃなくて、地元の穴場スポットなんだろう。
右手にゴツゴツとした岩場があるから船は来ないし、汚れることが少ないからか海はエメラルドグリーンの色をしている。
綺麗な海の中を覗(のぞ)くように目を凝らすと、そこには小さな魚が泳いでいた。
可愛いなぁ……
浮輪付きのあたしはプカプカと浮きながら、魚たちを見ていた。
自由に泳いでいた魚たちが数列に並んで沖の方へ泳ぎだす。
あたしもついていくことにした。
ひれが可愛いな。
動きが可愛い……

しばらく魚の群れについていくと、海の色はエメラルドグリーンから濃い藍色に変わっていた。
それは、海の深さを表している。
ここ、大分深いんじゃないかな……
そう思ったと同時に少し怖くなった。
あたしはグルっと辺りを見回した。
侑成、どこ……。
そして、見つけた。
岩場の方に、真っ直ぐに伸びた一本の足を。
あれ、何？
そっと近づく。
誰かの真っ直ぐな足がくるくる回りながら沈んでいく。
何しているの？
足が完全に姿を消して、三秒後

ぷはーっと勢いよく顔を上げたのは、やっぱり
「侑成……何してるの?」
「何ってシンクロだよ! 見てわかんねぇの?」
「シンクロって?」
「シンクロナイズドスイミングだよ! 海来たらするだろ!」
「……しないよ?」
「マジか?! 男と来たらするぜ!」
自信満々に答える彼を見て、あたしは、クスッと笑ってしまう。
怒っていた気持ちも忘れて、素直に声を漏らした。
「侑成と一緒に来ると、みんな楽しいだろうね」
「……ウミは?」
「うん。楽しいよ」
「そっか。よかった」
「だからさ、侑成……」
「ん?」
「もっと、見たいな」
彼のシンクロのレベルは無駄に高くて、面白くて。
あたしは何度も要求してしまった。
「今度は足、二本出してほしいな」
とか
「全身でくるくる回りながら沈める?」
とか。
テレビで見たことがあるポーズを思い出して、次々と頼んだ。
侑成は「無理だろ」と言いながら、頼んだこと全てに挑戦し、結果、出来て満開の笑みを見せてくれたり、「できねーよ!」って怒り顔を見せたり。
あたしは色んな侑成の顔が見れて嬉しかった。
全て胸に焼き付けておこうと思った。

思う存分シンクロを楽しんだ(やらされた?)侑成は今、あたしの浮き輪を持って休憩している。

「休憩するなら岩場に行く？」
そう言うと、彼は息を荒げながら。
「ちょっと待って。落ち着いたら、行く……」
浮き輪に顎を乗せたまま言った。
かなり体力を消耗させちゃったみたい。
リクエストしすぎたからだよね……
「ごめんね……」
そっと言うと、彼は海を見たまま
「謝んな」
「うん。じゃあ……いっぱい見せてくれてありがと」
「おう」

これから先、こんな風に海で遊ぶことはあるのかな？
シンクロを見せてくれる男の子なんて。
侑成しか……いない気がする。
肩で息をする彼を見て、あたしは思わず微笑んだ。
いや、微笑んだふりをしたんだ――
目を落とすとそこにあったのは、初めて見る侑成の肌色の肩。
そして、腕と鎖骨――……
浮き輪に腕をかけ、顎を乗せて休憩している彼の襟足から雫がしたたり、その雫は首を通って、鎖骨を滑り落ちていく。
雫が滑り落ちた胸板には、うっすらとした筋肉が見える。
伸ばした腕は骨ばってて。
体は焼けて、黒くて。
あたしたちの背丈はそれほど変わらないのに、体つきは、全く違うんだ――。
彼は男の子で。
あたしは女の子。
そう実感してしまった瞬間、頬が熱を持った。
鼓動がどんどん高鳴っていく。

「ウミはさ」
低い声が聞こえた。
彼は浮き輪に顎を乗せたまま、あたしを見上げて言った。
「シンクロ、やんねぇの?」
前髪からしたたり落ちた雫が、彼を色っぽく映し出す。
目が逸らせない。
「なぁ」
もう一度問われて、答えた。
「う、うんっ。あたしはやんない。金槌だから」
「ずっりー」
そう言って、海を見る彼。
皮肉な笑みを浮かべていると思ったのに、違った。
侑成の笑みはいつだって、優しい。
男の子と男の人の中間にいる彼をずっと見ていたいと思った。
見つめているとまた胸が高鳴っていく。
その音は、鎮めたいのに、鎮められない
目を逸らしたいのに逸らせない
この感情は……何?
その時、ふと気づいた。
先ほど、侑成が顔を赤らめたのも同じような気持ちだったのかな……
見慣れない肌の色と女の子の水着に、頬を朱く染めてくれたのかな……
自意識過剰かもしれないけど
本当に似合わない、変だなって、思われたのかもしれないけど……
そうだといいな、と思った。
侑成があたしを見て、女の子を感じてくれていたら嬉しいな……。

遠くでカモメの声が聞こえる。
寄せてはかえす、波の音が聞こえる。

あたしはしばらく微動だにしない彼の横でその音を聞いていた。
しばらくして
「よーし。復活っ」
項垂(うなだ)れるような格好をしていた侑成が顔を上げた。
二人の距離がすごく近くなって、あたしの頬がより赤くなった気がした。
「悪い」
目が合うと彼はそう言って、浮き輪を手放し、泳ぎだす。
「あ」
あたしは手を伸ばし、彼の伸びきった足を取った。
「ぐは。ぐおおお」
彼は、バランスを崩して海に潜り、
「ぶはっ！」
勢いよく海から顔を出し、あたしの浮き輪へ帰って来た。
「何?!」
片手で浮き輪を持ち、怒り気味に彼が言う。
「溺れんだろっ‼」
あたしは視線を逸らして。
「……ごめん。だって、一人で行くから」
「は？」
「思わずつかんじゃったの」
「なんでだよ」
「一緒に行こうよ。岩場まで」
「……いいよ」
互いの頬(ほほ)が火照っていた。
彼が浮き輪の紐を引っ張って泳いで行く。
あたしもバタバタと足を動かした。

岩場に到着すると太陽の熱を受けて暖かくなった岩の上に二人並んで腰を降ろした。
「あったかいね」

「うん」
波が弱くなってきた。
いっぱいはしゃいで遊んだ海が足元でゆらゆらと波打っている。
もうすぐ太陽が傾く時間。
焼けつくような陽の光は雲間に隠れ、海面に淡い明るみを、岩に影を刻み込む。
とろりと光を流す海は、静かで。
町の喧騒も聞こえないこの場所は世界中で二人きりのように思える。
休憩するために岩場に上がって来たけれど、もう侑成の息は整っていて。
彼は、静かに水平線を見ていた。
その横顔はとても綺麗だった。
「侑成……もう大丈夫？」
呼吸が整っていることはわかっていたけれど、なんて声をかけていいのかわからず。
あたしはそう彼の横顔に声をかける。
すると、彼はこちらに向き直り言った。
「あぁ。もう平気。ウミは？ 疲れた？」

シンクロしてた時は、年下のように見えたけど、今は、ずっと年上に見える。
彼の表情は、子どもっぽかったり、大人っぽかったり……
見る度に全然違う。
でも、言葉はいつも優しくて、穏やかで、波がない。
これが男の子なんだろうか。
陽の光を受けてもそれを吸収して反射する。
それがあたしの知らない、男の子……なの？
見つめていると長い睫毛が落ちて上がって、彼は少し首を傾げて。

「そろそろ、帰る？」

優しい声でそう言った。
あたしは首を横に振る。
「ちょっとだけ、話……して、いい……?」
伝えなきゃいけないことがあったんだ。
「いいよ。どした?」
表情が強張っていく気がした。
けれど、彼はそれに気づかない。
少し安心した。侑成が鈍感でよかったと思う。
あたしはそっと話し出した。
「あたし……思い出したよ……」
「え……」
風が動いた。
「昨日……侑成、ピアノを聞かせてくれたでしょ?」
「あぁ」
「それで全部……思い出したの……」
あたしがここへ来た理由も。
どこへも行けなかった理由も。
全てを思い出したあたしは、彼に話さなきゃいけないと思っていた。
「侑成さ、この間あたしに聞いたよね?
"大切な人をなくした世界を知ってる?"って……」
「あぁ……」
「あの時はまだ記憶が戻ってなかったから、よくわからなくて……。ちゃんと返事ができなかったから。今日はその返事がしたいなって思ってて……」
「もういいよ。忘れろって言ったろ? お前はそんなこと、知らなくていい……」
そう言って伸びてくる手。撫でられる黒髪。
細めた目の先に見えているのは、あたし自身?
それとも、同じ名前を持つ小さくて可愛い、侑成にとって一番大切な女の子?

あたしは猫じゃないから
それに、もう15歳だから。
だからずっと、覚えてる。
君の放った寂しげな声も
初めて見せた悲しげな瞳も。
忘れることなんて、できない——。

「あたしさ、知ってるよ……」
「……」
「大切な人がいなくなった世界……」
「……え」
「あたしはずっと……
…………一人だったから」

侑成の家へ来て、明日で二週間が経つ。
あたしは彼との生活の中で少しずつ過去を思い出していた。
そして、昨日、侑成が弾いてくれた音楽と共にほとんどの記憶を取り戻した。
あたしの脳裏に次々と現れたのは、一人ぼっちの悲しい過去だった。
「一人って……?」
そっと彼が聞く。
あたしは睫毛を伏せて言った。
「あたしは……透明人間だった」
そう声にしたことで、喉元が熱くなり、涙が零れ落ちそうになる。
でもあたしは涙をこらえて、言葉を続けた。
「あたし……ずっと…………いじめられてた」
あんなに辛かった現実は、言葉にするとなんて質素で簡易なんだろう。

夕暮れ時の窓の外。
聞こえてくるのは、吹奏楽部の音色と運動部の活気のある声。
楽しそうにおしゃべりをしながら帰る弾んだ声を聞きながら、音楽室の壁に背を付けて、絨毯の上に座り込む。
いつの間にか入り込んできた冷たい風と共に、そのまま流されて消えそうになる自分の体をギュッと抱きしめていたあの頃のあたし。
そんな過去の自分を思い出し、思わず今の自分をも抱きしめた。
あの頃のあたしには、ピアノと家族しかなかった。
大切だと、親友だと思っていた友達は、次々とあたしの元を去っていき、あたしは、大切な人達がいない世界の中で、生きていた。

膝と膝の間に顔を埋めた時、彼の影が近づいてきた。
「……ウミ？」
そっと名前を呼ばれて目を上げると、彼が覗き込むようにしてあたしのことを見ていた。
心配そうに目を細めてくれている。
きっと彼には、質素な言葉には聞こえなかったのだと思った。
「何か……ひどいこと、されたのか？」
怒りにも似たその声が嬉しかった。
ううん。
とあたしは首を横に振る。想いは声にはならなかった。
「なかった」
ドラマや映画で見たことがあるような、叩かれるとか、蹴られるとか……そういう暴力的なことは一度もなかった。
あったのは
「…………無視」
「無視……されてたのか？」
「うん……」
「いじめの原因は、わからない。
きっかけも、わからない。

だから自分でも、どうしてこうなったのかよくわからない。
けれど——
いじめが始まった頃、あるクラスメイトの女の子が言った言葉だけは、よく覚えている。
『名瀬さんの下の名前って、"美羽"っていうんだね。
背中に生えてる羽まで美しいだなんて……
名前まで綺麗だなんて……
なんか、ムカつく』
"なんか、ムカつく"
そんな簡単な言葉で、彼女はあたしの名を否定し、あたし自身をも否定した。
彼女の言葉が決定打となったようだった。
あたしの容姿と存在を面白くないと思っていた女子達を中心に、いじめは広がりを見せていく。
体育の授業もペアはいず、いつも先生と組んで。
修学旅行のグループ分けでも仲間外れにあい、男子のグループに名前が書かれていた。
あたしは、あっという間に、一人ぼっちになった。
そんなあたしを庇ってくれる男の子が現れるとまた変な噂を立てられる。
『色目を使った』とか、
『また誰かの好きな人をとった』とか……
そんなこと、してないのに……

女子の甲高い声が頭の痛みをさらに強めていく。
誰の声も聴きたくなくて、学校へ来るとあたしは、目と耳を閉ざし過ごした。
本当は、学校へ行きたくなかった。
でも、
『気をつけて行くのよ〜』
そう言って、毎朝お母さんが送り出してくれるから、あたしは笑

顔を作って学校へ行っていた。
親にいじめを知られたくなかった。
唯一無二の存在として、愛し、育ててくれていたのを知っていたから、どこに行っても当たり前のように愛されている子を演じたかった。
けれど、一人きりの孤独感は、あたしの力を奪っていく。
うまく笑顔が作れなくなって、学校へ向かう足取りが重くなっていく。
そんな時、傍にいてくれたのが、双子の弟、遥斗だった。
遥斗は忘れ物をしたふりをして、あたしの教室を見に来るようになった。
昼休み、中庭で一人でお弁当を食べていたら、気づけば近くで昼寝をしていたり。
放課後、バスケの練習をさぼって、一緒に帰ったり。
側に遥斗がいてくれたから、あたしは一人じゃなくなった。
そんなある日、
『おはよう』
いつもは挨拶なんてしない遥斗があたしのクラスメイトに向けて挨拶をするから
『おおお、おはよー』
顔を赤らめた女子たちが遥斗に挨拶をして。
それから、あたしにも時々挨拶をしてくれるようになった。
遥斗のお陰で、いじめは消えてなくなりそうだった。
でもそれは……うまくいかなかったの」

「じゃあ、あの日も何かあったってことか？」
「あの日って……？」
「俺とウミがぶつかった日」
「……」
「あの日、俺、自転車に乗ってる時、ぶつかる前のウミと目が合ったんだよ。

すでにウミは泣いてた。
涙をこれでもかってくらい張り付けて、ボロボロ泣いて走ってた。
その泣き顔に驚いて、ハンドルを切るタイミングが遅れて……そのままぶつかっちまって、ウミは記憶を……」
「……失くしちゃったんだよね」
「悪い」
「ううん。大丈夫。記憶をなくしたのはあたしの願望だったから」
「……願望？」
「うん。あたし、あの日も願ってた。消えたい。あたしなんて、この世界から消えてなくなりたいって、今までで一番強く思ってたから……」
「……どうして？」
悲しげな眼をして彼が聞く。
あたしの話なのに、今にも涙を零しそうなのは彼だと思った。
弱々しい声は痛みを伴い、切なく哀しくあたしの耳に届いた。
あたしは話した。
あの日あった出来事を……

「あの日は、侑成の町の大学で遥斗の招待試合があったの。
弟はバスケがすごくうまくて。そこで活躍すれば、バスケの強豪校から特待生として推薦がかかると言われていたんだ。
遥斗も張り切っていたんだと思う。珍しく忘れ物をして。
あたしは母に頼まれてピアノ教室へ行く前に、それを届けることになった。大学へ行くと遥斗は体育館にはいなかった。
遥斗を探しながら庭を歩くとそこに遥斗と女の子がいた。
彼女は遥斗が挨拶をしたクラスメイトの女の子だった。
『好きです』と、その子は遥斗に告白をしていた。
でも、遥斗はあっさりその子を振った。『興味ない』って。
それを目撃してしまい、"しまった"と思った。
立ち去ろうとした時、彼女の声が聞こえてきた。
『やっぱり、噂は本当なんだねって』

先ほどよりも低い彼女の声にあたしは足を止めて振り向いた。
嫌な気配がした。
『こんな男、こっちから願い下げだっての』
彼女は吐き捨てるようにそう言った後、踵を返そうと振り向いた。
その場に留まるあたしと目があって、彼女は一瞬驚きの表情を見せた後、ゆっくり近づいてきて耳元で言ったんだ。
『ねぇ。あんたたちのこと、みんなにバレテルよ？』
『何のこと？』
と、あたしは言った。
彼女はニヤリと口角を上げると、自分の鞄からスマホを取り出し、あたしに見せた。
スマホの画面に表示されていたのは、グループライン。
数々の吹き出しに書かれた言葉たちにあたしは言葉を失った。
『ハルト、カッコいねー』
『下手なアイドルよりかっこよくない？』
『カッコいい！　絶対アイドルになれるねー。本人興味なさそうだけど』
『わかるー』
『あいつの弟じゃなかったら最高なのにねー』
『私、今日ハルトに挨拶されたよ』
『マジ？　イケるんじゃない？』
『無理だって。双子の噂知らないの？』
『そうそう。二人いつも一緒だよね』
『ハルトが挨拶するのもアイツのためなんでしょー』
『バレバレだっての』
『やっぱり噂って本当なのかな？』
『本当でしょ』
『えー！　あたし行けると思うんだけどなー。明日告白してみるよ』
『マジ？』
『でも、ユリがダメなら確定だね』

『あいつらは——————…………』

彼女たちは、遥斗(はると)を褒め、あたしを罵(ののし)った後、あたしと遥斗の関係を兄弟以上だと書いていた。それが『双子の噂』だと。
声が出なかった。あらゆる音が遠ざかっていく。そんなあたしに気付いた遥斗が『どうした？』と言って、近づいてきた。
もうあたしに近づいちゃダメ。あたしは首を横に振って、逃げた。
ただただ苦しかった。
文字は形にするとこんなにも力を持つのだろうか。
脳裏に焼き付いた文字たちがあたしの心を切り刻んでいく。
透明人間だったあたしの外の世界。
そんな世界に色と形をくれたのは、家族だけだった。
あたしを心から愛してくれる、家族だけだったのに———
あたしはその家族をも巻き込むの？
あたしの存在は、遥斗までも傷つけるの？
もう嫌だ。あたしなんてこんな世界から消えてしまいたい。
もう二度と、戻りたくない。泣きながら走って逃げた。
逃げて逃げて逃げて———……
次の瞬間、あたしは、侑成とぶつかった」

あたしは、悲しみから逃れるように全ての記憶をなくす。
それはあたしが望んだことだった。
新しい自分として、生まれ変わりたかったんだ———。
全てを吐き出した。
ずっと胸につかえていたものがやっととれたような気がした。
目が合うと侑成は
「…………辛(つら)かったな」
あたしの苦悩を全て背負ったような深く沈んだ顔を見せるから
ちりばめられた悲しさが体中を走り回って。
「うっ……ううっ…うう……」
あたしはしゃくりあげるように、泣いた。

彼はあたしの後頭部に手を回して、優しく引き寄せる。
あたしは彼の肩におでこを乗せて言った。
「……辛かった……辛かったよ……」
誰にも見せたことのなかった涙を
言いたかった本音を
初めて人に見せた。

『辛かったな』
あたしは誰かにそう言ってもらいたかったのかもしれない。
この痛みを家族以外の誰かにわかってほしかったのかもしれない。
体中を駆け抜ける痛みをわけろとでも言うように、彼があたしを
引き寄せる。
彼の手に力が入り、あたしは強く抱きしめられた。
彼の、体温に。抱擁に。あたしの涙は止まらない。
止め方がわからない。
堪えていた涙が堰を切って溢れ出し、声をたてて泣くあたしを彼
はずっと抱きしめてくれた。

どのくらい時間が経っただろう。
しばらくそこで泣き続けたあたしに
「ウミ？」
耳元で囁くような声が聞こえて、目を上げる。
哀愁の色を浮かべた瞳が目の前にある。
こみ上げてくる悲しみを息に変えて
「うん」
声を漏らすと、彼が言った。
「そこは、ウミが帰れる場所？」
「え……」
「ウミがウミとして、生きていける場所？」
「……」
「帰っても、大丈夫か？」

「……」
帰りたくない。
と言っても
帰らなきゃいけない。
——『早く帰って来い』
——『みんな、お前を探してる』
お父さんもお母さんも弟も。皆、あたしのことを探している。
帰らなくても、あたしはもうすぐ見つかるだろう。
——『見えるのは、海と空と……』
そんな気がする。
いつまでもここにはいられない。
それは最初から分かっていたこと。

「あたし……あ、たしは……」
涙と共にやっと声を零した時、侑成は迷いなく言ってくれた——
「ウミ。ずっとここにいろよ」
真剣な表情でそう言ってくれた侑成が、ひどく愛おしかった。
「俺、卒業したら働くよ。ウミと一緒に暮らせるように」
嬉しくて……
愛しくて……
涙が零れ落ちる。
「これからは、あの家で、俺と一緒に」
「侑成……」
だからあたしは
涙を拭くこともせず、首を横に振ってから彼の言葉を遮るように言った。
「侑成の気持ち、すごく嬉しい。ありがとう……
でも、あたし…………帰るね」
「なんで?」
「帰らなきゃ。家族が、待ってる——」
あたしを心の底から愛してくれた、大好きな家族が待っている。

「そっか……そうだな」
彼は、ボロボロと涙を零すあたしの肩を持ち、もう一度自分の胸に抱きとめた。

彼の心臓の音が耳にはっきりと聞こえる。
生きてる、音。今、ここにいる証。
彼の側にいたいと思う。
離れたくない。
それはゆるぎない、気持ち。
でも、あたしは、約束をしたから———。

しばらく抱き合った後、彼はゆっくりと肩を持って、体を離した。
光を溜めた瞳は、切なげに揺れていた。
吸い寄せられるように見つめると、彼は手に力を込めた。
肩がグッと掴まれる。彼の瞳に力が籠もる。
彼は強い眼差しを向けて言った。

「じゃあ、諦めるなよ」
「……え?」
「向こうの世界へ帰ったら。次は諦めるな」
「……」
「同じことを繰り返すな」
そんなことを言われても、多分、現実は変わらないだろう。
想像するだけで胸が痛い。
幾筋もの涙が零れ落ちていく。
でも、帰るって決めたからもう泣いちゃダメだ。
そう思うのに、涙は止められなくて。
どうしていいのかわからずに目を逸らすと、彼が両手であたしの頬を包み込み、優しい優しい目をして、言った。
「お前にかかる言葉は、全部、嘘なんだろ?」
「……うん」

「だったら、次何か言われたら"違う"って言え。全力で否定しろ。否定しない言葉は、全て真実に塗り替えられる。だから、自分なんて……とか、どうせ……とか思わずに。お前を信じてくれる人を全員味方にして、巻き込んで。戦え。諦めんな！」

零れていく。涙が。
全てを諦めていたあたしに
光を失った空虚な目をしていたあたしに
彼が未来を教えてくれる。
未来への希望を忘れるな、
────光れと。

あたしは新しい自分を探すため、この世界へ来たのかな。
あたしは"あたし"をまだ諦めたくなかったのかな……

世界は学校だけじゃないと
優しい人は、どこかに必ずいると
教えてもらうために
ここに来たのかな……

「俺もお前の味方だから」
そう言って、侑成がまた引き寄せた。
強く強く抱きしめられる。固い胸元に顔が埋まる。
彼のキラキラが降ってくる。
彼の輝きに包まれると自分が生まれ変わっていく気がする。

「うん。あたし、頑張るね……諦めない……」

そうだ。あたしはあたしを諦めない。
はじまりを告げるのは、過去じゃない。
希望に満ちた、輝く未来だ。

夕映えが赤く空を染める頃、あたしたちは手を繋いで家へと戻る。
いつものような会話はなく、感じるのは彼の手のぬくもりと、温かな視線だけ。
そっと隣を見ると、彼が言った。
「……いつ、帰んの？」
囁くような声だった。
あたしは目を伏せて。
「……明日。侑成の大会が終わったら」
「……そっか」
隣から声が降ってくる。
繋いでいた手に力が込められた気がした。

4

侑成の家に帰り、二人で夕食を作り、食べ。
あたしたちはいつものように順番にお風呂に入る。
昨日はあたしが先だったから、今日は侑成が先。
侑成がお風呂に入っている間、あたしは二階へ上がった。
お世話になった部屋の掃除をして、それから荷物をまとめようと思った。
部屋はいつも掃除しているから、すぐに片付いて。
まとめる荷物も少なくて。
身支度はあっという間に整ってしまった。

あたしは、部屋を見回した。
高台にある侑成の家の二階の窓から見える果てしない空も、移り変わる風景も。
壁に貼られた質素なカレンダーも。
隣の部屋のグランドピアノも。

漫画が並ぶ本棚も……
全部、大好きになった。
ここはあたしが望んだ優しい世界だった。
侑成は、あたしが見た希望だ。
血のつながらない他人に、ここまで優しくしてもらったことなんて、一度もなかった。
この場所へ来て、あたしはすごく幸せだった。
ありがとう。
心の中でそう言って、頭を下げる。
目を上げた先に勉強机が見えた。
その上に置いてある一枚の紙に気付き、あたしは勉強机に近づくとそれを手に取る。
それは何も書かれていないルーズリーフだった。
あたしはそれに何かを書きたくなった。
あたしは椅子に座って。
真っ白なその紙に手紙を書くことにした。
侑成に向けて。
今、心の奥底にある想いを文字にしようと思ったけれど、
国語が苦手なあたしは、この気持ちを文章にすることは難しくて……筆が止まる。
何を書こうか考えようと目を閉じると、浮かんでくるのはやっぱり音符だった。
五線を弾いて、音符を並べようかと思ったけれど、その曲はとても長くなりそうなので、やめた。
あたしは頭の中で流れ続ける優しく穏やかな曲に歌をつけることにした。
短いポエムのような
簡単な言葉をルーズリーフに書いていく。
それはあたしの心の声。
侑成と過ごした大切な夏を
忘れないように

書いた詩(うた)

夏の真ん中
君を見つけた
気づけば、君に———

「ウミー！　風呂―！」
侑成と過ごした煌めく夏を思い出しながら書いていると、階段下から名前を呼ばれた。
「はーい！」
あたしは急いで紙に文章の続きを書いて、ルーズリーフを半分に折った。
そして、紙の上ににシャーペンを置いて。
「今、行くー」
階段を駆け下りた。

＊＊＊＊＊

お風呂から上がってリビングへ行くと、侑成はいつものようにゲームをしていた。
あたしに気付いた侑成は、ゲーム片手にこちらを見る。
タオルで拭いただけの髪は、くせ毛が伸びて、海辺で見た侑成と同じだ。
いつもよりも大人っぽくも見えるし。
「あがった？」
「うん。気持ちよかった。ありがと」
「おう」
そう言って、白い歯を見せて笑う顔は、子どもっぽくも映る。
「うお。出てきやがったな。こんにゃろー」
再びテレビ画面に目を戻した侑成の隣に腰を降ろして、彼が夢中になっている格闘技のゲームを見ることにした。

侑成は「おりゃっ」とか「とりゃー」とか言いながら、ゲームをしている。
あたしはルールの分からないゲームをなんとなく見ているだけ。
隣に座っているのに会話のない二人。

そんな二人の時間はあっという間に流れてしまい、時計を見ると「おやすみ」と言って、別れる時間になっていた。
「くっそー！　負けた」
そう言ってゲーム機から手を離した侑成。
だらんと首を曲げて、背中も丸め項(うなだ)垂れている。
テレビ画面にはＹＯＵ　ＬＯＳＥと書かれていた。
あんなに頑張ってたのに、負けちゃったんだ……
あたしは侑成の肩を、ツンと叩く。
侑成は目を上げて、あたしの背後にある時計を見てから
「もうこんな時間か。寝る？」
と、聞いた。
「うん。寝る。でも、寝る前に……ちょっとだけ、いい？」
「……うん」
侑成は、正座をしているあたしに気付いて、足を正した。
正座して向かい合うあたしたちは、ちょっと変かも。
胸の真ん中あたりがくすぐったい。
それを誤魔化(ごまか)すようにクスッと笑って。
「侑成って正座すると大きいね」
「この野郎。座高が高いって言いたいのかよ」
「違うよ。そういう意味じゃないって」
「じゃあ、どういう意味だよ」
あたしは、"この二週間で侑成が大きくなった気がする。"
そう言いたかったんだけど、なんだかうまく伝わらなかったみたい。
まあいいや。
そう思って笑うと「まぁ、ウミよりは高いな」と言って、侑成も

笑った。
二人でクスクスと笑い合う。
笑い終わると、目が合った。
侑成は何か言いかけたようだけど、そのまま口を閉ざして静かにあたしを見つめた。
濡れた瞳と一度だけ動いた喉。
見つめられると恥ずかしいのに、目をそらしたいとは思わない。
出来るなら。
彼の揺れる瞳をずっと見つめていたいけど、そういう訳にはいかない。

あたしはそっと口を開いた。
「侑成。……二週間、ありがとう」
「……うん」
「それから、いっぱい迷惑かけてごめんね?」
「迷惑なんてかかってない。俺の方こそ……」
……何?
と、心の中で聞いた。
「俺の方こそ、悪かった」
「どうして、侑成が謝るの?」
あたしだけがお礼とお詫びを言うつもりだったから、彼の発言には驚いた。
彼を見る。
長い睫毛に縁取られた綺麗な茶色の瞳と、いつになく真剣な表情をした彼が知らない人のように見えた。
「俺が、ウミを……手放せなかったから——……」
カサリと音が鳴った。
それは、窓の外から聞こえる音だ。
ときおり吹く突風が木の葉やこずえを揺さぶっては窓に叩きつける。
開けた窓から入ってくる空気は、昼の余韻を残して、まだ蒸し暑

い。
扇風機の風がまわってくる。
「俺さ……ウミが来てくれて。幸せだった」
「……」
「一人じゃない生活は、楽しかった」
優しい笑みの形をした目の中に寂しさと悲しさが滲む。
滲むのは、きっとあたしの瞳が潤んだから。
「……うん」
「俺さ、この間、変なこと言ったろ？
大切な人をなくした世界を……なんて。痛いよな。マジ、ごめん」
「ううん」
あたしが首を横に振ると、彼はうっすらと口の端を上げた。
目元がふわりと緩んだけれど、その表情は自嘲的に映る。
彼にかける言葉を少ない語彙の中から探していると、侑成がゆっくりと話し出した。
「俺さ……ウミに嘘、ついてたんだ」
「……嘘？」
「あぁ。俺、ウミと出会ったばっかりの時、父子家庭だって言ったろ？　父さんは出張ばっかで帰ってこないって」
「……うん」
「それが嘘。俺、母さんと妹が出て行ってから、ずっと一人だったんだ」
彼の嘘をあたしはすでに知っている。
けれど、彼の口から教えてもらえたことが嬉しくて、低い声に耳を傾ける。
「俺さ、一人でも平気だと思ってた」
彼が心の奥に眠らせていた想いを言葉にしていく。
「……うん」
あたしは静かに頷くだけ。
「来年は高校生だし、一人暮らしに憧れもあったし。一人でもや

っていけるって、思ってた」
「……うん」
「でもさ、ウミが来て思ったんだよ。やっぱ一人じゃない生活はいいなって」
「……」
「俺、ウミが来てくれて。すげー楽しかったし、幸せだった」
「……」
「ウミ。俺に一人じゃない生活をもう一度味わわせてくれて……ありがとな」

悲しみは伝染する。
目で、心で、体で。
どれだけ笑顔を作っても、その裏にある表情は、決して隠れはしない。
苦い想いがこみ上げてくる。

あたしは彼のことを今までで一番強く知りたいと思った。
あたしは彼の手を強く握って。
「どうして、お母さんとウミちゃんと一緒に住まないの？」
どうして？
もう一度、目だけで問うと彼は疲れたように微笑んでから教えてくれた。
「それが母さんと雨美の幸せだと思ったから——」

あぁ…………
あの日、侑成のお母さんが話してくれたことは全部、本当なんだ。
あたしは思い出していた——
彼のお母さんが言った言葉の続きを。

侑成のお母さんは最近になってやっと、『今さら他人とは住めない』と言った彼の本当の理由を再婚相手から聞いたらしい。

結婚前、家に残ると言った侑成に再婚相手の男の人は、一人で会いに来たそうだ。
母には内緒で、男同士で話をしようと。
彼は一緒に住もう。4人で家族になろう。
そう説得したかったらしい。
でも侑成は言ったそうだ。
『多分、俺は、あなたを認められない。どうしようもない親だけど、やっぱり俺の親父は一人だから。だから俺がいると家族はぎくしゃくすると思う。だから俺は行かない。だけど、約束してほしい。その分、雨美を愛してやって。あなたの本当の子供として、育ててください』

母に泣かない生活と
雨美に温かい本物の家族を
それらを願いながら、彼は、再婚相手に頭を下げた。

きっと彼は、新しいお父さんとお母さん、そして小さな雨美ちゃん。その三人の方が本物の家族に近づけるんじゃないかって、そう考えたんだ。
生まれてすぐお父さんがいなくなった雨美ちゃんに、本当のお父さんを作ってやりたかったんだ。
彼は大切な人を守るために
大切な人がいなくなった世界の中で生きていた。

侑成に口止めされていたこともあり、なかなか言い出せなかった再婚相手の人も、侑成の住む家に度々通う妻を見て、最近になってこの話をしたという。
お母さんはこの真実を知って。
そして、迎えにきた。
侑成を。
愛する我が子を。

子どもが大人のために遠慮するなんて、馬鹿な話だ。
私たちは4人で新たなスタートを切れるはずだと。
とめどない涙を流しながら、彼女はそう話してくれた。
そして彼女は
『大会後、侑成を迎えに行く』と、言ったんだ――――

あたしは彼の肩にコツンとおでこを当てる。
「どうした？　急に」
戸惑う彼の声が落ちてきた。
「ねぇ、侑成……お願いがあるの」
「何？」
「もし、お母さんに会うことがあったら、侑成の本当の気持ちを話してほしい」
彼は黙っている。
あたしの願いは彼には届かないのだろうか？
「言わない言葉は全て真実になっちゃうって、教えてくれたのは侑成でしょ？」
想いは形にしなきゃ、伝わらない。彼はそう教えてくれた。
「あたしも向こうの世界で頑張るから。
侑成も―――頑張って―――」
想いが届くように念じて、見上げて言った。
すると彼は、数秒の沈黙の後、答えてくれた。
「わかった」
「じゃあ、約束」
そう言って小指を差し出す。
「おう」
出した小指に長い小指が絡まった。
あたしたちは指を絡めたまま
「あたしもさ……この二週間、すごく楽しかったよ？」
「そっか。よかった」

「ここへ来れて、嬉しかった」
「……うん」
「侑成、ありがとう」
「こちらこそ」
「……明日の試合、頑張ってね」
「おう」
「応援してる」
「うん」
「あたし、めちゃくちゃ応援するよ。おっきい声だしてもいい?」
「出せんの?　ウミ」
「うん。出せる。すごいよ、あたしの大声。きっとみんな振り向くよ」
「じゃあ、楽しみにしてる」
「うん。あたしも」
「……」
そこまで言って会話が途切れた。
けれど、あたしたちの小指は繋がったままだ。
あたしは、どうしていいのかわからずに
「おやすみ」
そっと言うと、彼も答えた。
「……おやすみ」

侑成はたしかにそう言ったはずなのに、なかなか手が離れない。
あたしも離せないし、侑成も離してくれない。
でも、離さなきゃ。
そっと手を解いたら、
離れた手をもう一度掴んで、彼があたしを引き寄せて。
それから、キスがやってきた。

5

「待って! 待って! 侑成、早いよ!」
「何言ってんだ、ウミ。足早いんだから。さっさと走れ!」
そう言われても……
今日は、寝不足なんだ……

昨日の夜、あたしは初めてキスをした。
夜はそれを思い出して眠れなかった。
記憶の中で何度も再現しては「きゃー」と言って両手で顔を覆う。
突然のキスの後の真っ赤に火照(ほて)った顔は、きっと彼にも見られただろう。
ドキンドキンと騒ぎ出す心臓は収まり方を知らず、その後どうしていいのかわからなかったあたしの視線を縫い付けて、侑成は言ったんだ。
『会いに行くから』
って。
だからあたしも約束した。
『あたしも。会いに来る』
夏はもうじき終わるけど、あたしたちの恋は続く。
そう小指と小指を絡めて、約束をした。
繋いだ小指が離れた時、もう一度侑成が言ってくれた。
『おやすみ』
『お、おやすみなさい』
あたしたちはいつもよりも一時間遅く、いつもの挨拶(あいさつ)をして別れた。
名残惜しかった。
出来ることなら、もう少し侑成と一緒に――……
そう思ったことは、彼には内緒。
ベッドの中に入っても思い出すのは、真近で見た侑成の猫っ毛の髪と、細めた目。

唇に残るのは、温かな体温だった。
布団の中にいるあたしはそっと自分の唇に触れ、彼のことを想う。
今離れたばかりなのに、もう会いたい。
彼の声が聞きたい。
侑成は、下で寝ている。
大好きな侑成が……すぐ傍にいる。
そう思ったら、寝ることなんて、できなかった――

＊＊＊＊＊

「ウミ！ マジで遅れるって！ 早くっ！」
「待ってー！」
あんなことがあったのに、朝起きたらいつも通りのあたしたち。
陸上競技場の場所を知らないあたしを連れて、侑成が走り出す。
あたしも懸命に後を追った。

この道は、初めて通る道だ。
右手に小さな漁港があり、その奥には海が広がっている。
大小の漁船が所狭しと並んでいる港には人影はない。すでに漁を終えみんな家に帰ったのだろう。
船が波の動きに合わせてゆらゆらと揺れている。
そんな穏やかな景色を見ながら10分ほど走った頃
「うわぁっ！」
「ウミ?!」
「ご、ごめんっ」
あたしは派手に転んでしまった。
「いったー」
痛みが走る場所を見ると、膝にうっすらと赤い血が流れていた。
あちゃー。やっちゃった。
あたしはハンカチを取り出して膝を押さえた。
「ドジだなぁ。ごめん」

どんくさい自分に呆れてそう言うと、
「ん」
声と同時に見えたのは、侑成の白いTシャツ。骨ばった背中。
「おぶってく」
「え?! イヤだ。平気」
「いいから乗れよ」
「絶対イヤ！」
重いのバレるし！
って、そうじゃなくて！
侑成は今から大会本番なのに、疲れさせるわけにいかないよ！
「侑成、先行って！」
「はぁ？」
「あたし、歩いて行くから」
「でも、道わかんねぇだろ？」
「ほら、そこに看板が出てるし。あれを追いながら行くよ」
「でも……」
「もし迷ったら誰かに聞くから」
「でもな……」
あたしは迷う彼の背中を押した。
「早く行きなよ！ みんな、侑成のことを待ってる」
そう。みんな、太陽のような君のことを待っている。
侑成のお母さんも
妹さんも
君の勇姿を見に来るから——
「早く行って！」
「わかった。行くよ。でも、迷うなよ！ 絶対だぞ！」
そう言ってくれた彼にあたしは「大丈夫っ！」と、手をあげる。
「待ってるからなっ！」
振り向きながら走る彼に「危ないよー！ 前見てー！」と言いながら。

午前の太陽が彼の背中を照らしている。
その光は、もう悲しみを含まない。
たとえ、薄雲に隠れたとしても、雲の奥で彼は光り続けるのだろう。
あたしは、走っていく侑成の背中に向けて、心の中で呟いた。
もう大丈夫だよ。
侑成は、一人じゃない。
いっぱいいっぱい頑張った君を迎えに来てくれる人がいる。
今日、彼は空高く跳ぶのだろう。
雲を掴むほど、高く跳び上がる彼を見守る人がいるのだろう。
「侑成——！」
「おにいちゃーん！」
ずっと心の奥で鳴り響いたその声は、今日、本物へと変わるはずだ。
家族を想って、戦い続けた彼の日常に終止符が打たれる瞬間を見届けたら、あたしはあたしの世界へ帰るよ。

侑成
侑成……
——……ありがとう。
あたし、頑張るよ。

大切な人がいなくなった世界でまた
大切な人を見つけるよ————……

彼の姿が見えなくなった。
あたしは安心して、振っていた手を降ろす。
歩いて行っても大丈夫だよね？
まだ間に合うよね？
あたしは、海辺の広告塔の側にある時計台を見上げた。
うん。この時間ならきっと大丈夫。

開会式が見れなくても、侑成の試合には間に合うはず——
見たこともない彼のユニフォーム姿を想像しながら海沿いの道を歩いていく。
空は高く晴れ上がり、入道雲が流れている。
眩(まぶ)しくて、綺麗——
侑成みたいな空を見て、思わず微笑(ほほえ)んだ時だった
あたしの視界が、突然、真っ暗になった。

何、これ……
そう思った次の瞬間には、口元に何かが宛(あ)てがわれて。
「うっ…」
声を漏(も)らすと同時に、頭の中がグラリと揺れて、
あたしの意識は、そこで途切れた。

最終章
〜過去^{終わり}それは未来^{始まり}へと〜

1

空がない。薄暗い世界にいる。
漠然とそう思ったあたしは、ハッとして辺りを見回した。
ここ、どこ……
そして気づいた。異様な雰囲気に。
ここは、鉄で覆われた銅色の空間だった。
天井が高く、壁側には段ボールが高く積み上げられている。
段ボールの横には、重そうな扉があった。その扉は少しだけ開いている。
見えるのは、駐車場。その奥に海。

ここは、港の廃墟と化した倉庫だろうか。
どうして、あたしはこんな所にいるの？
コンクリートの上に座り込んでいる自分。
お尻がひんやりと冷たかった。
そして、頭がズキズキと痛い。
思わずこめかみ辺りを押さえた。
痛みをこらえながら倉庫の奥に目をやったその時、あたしは気づいてしまった。
丸い小さな眼鏡の奥にある鋭い瞳がこちらを見ている事に。

「こんにちは」
そう言ったのは、段ボールの傍に立つ知らない男の人。
その人は、ヨレヨレのTシャツを着て、穴のあいたジーンズを履いて。
口元が緩んでいる。
男は首にかけたカメラを持ち直すと、あたしに向けてシャッターを切った。
あたしは思わず、顔をそむけた。
「やっと会えた」

男がジリジリと歩み寄ってくる。
「まさかほんとにＳグループのセンター、優奈ちゃんと会えるなんて」
何を言ってるの……？
「やっぱり可愛いなぁ。本物のアイドルは違うね」
誰と間違えているの？
あたしの前まで歩いてきた男はそう言うと、顔を寄せてきた。
恐怖が駆け足でやってくる。恐ろしすぎて、声が出ない。
『Ｎ市で連れ去り事件がありました。犯人はまだ捕まっておらず——』
『Ｎ市って近くじゃん、こえーな』
ふと、三日前、卵焼きを焼きながら聞いた朝のニュースを思い出して悪寒が走る。
あたしは一体、何に巻き込まれたの？
「掲示板にね。書き込みがあったんだ。このあたりに優奈ちゃんが引っ越してきたって」
その後、カシャリと音を立て、またシャッターが切られた。
怖い怖い。
どうしていいのかわからない。
不安と恐怖に包まれながらもあたしはどこかで思っていた。
このような風景を見たことがない？
こんな恐怖を覚えていない？
あたしは、何か——
——……大切なことを忘れていない？

それは全てのはじまりでそして、おわり。
あたしの中にあったトラウマ。
あたしは昔から、目を付けられやすかった——
「ねぇ……」
ジリジリと男に迫られて、震える唇を噛みしめる。
あたしは最後のピースをも見つけてしまった。

それは、ずっと心の奥底に眠らせ、鍵をかけていた記憶。
二度と開くことがないようにガッチリと鍵をかけたあの日――
あたしは――。
あたしは、まだ、小学生だった。

小学生だったあたしは、よく弟の遥斗と近所の友達と一緒に遊んでいた。
あの日していたのは、カクレンボ。
鬼に見つからないように、公園の外にある細道で一人小さくなって隠れていたあたしに誰かの声がかかる。
『みいつけた』
その声は高く可愛いものではなく、低く焼けたような声だった。
驚いて振り向くと、細道の奥に知らない男の人がいる。
『可愛いね～。おじちゃんと一緒に遊ぼう』
その人は、小さなあたしを見下ろし、声をかけた。
薄暗い細道が男の人の影で暗くなる。
影に覆われた視界は、黒。その中にあるのは漆黒の大きな人影。
汗の匂い。
通りを車が通ったその時、男の顔を一瞬だけ映し出した。
歪(ゆが)んだ表情の中にある、充血した目はギラギラしていて――
怖いっ！
「いや……」
あたしは震える声でそう言うのが精いっぱい。
小さく首を横に振ったけれど、ガシっと手を取られた。
「ひっ……」
それから――。
あたしは、どうなった？

『美羽ちゃん、連れ去られたんだって？』
『え？　ほんと？』
それから、あたしは――

「イヤッ！」
男の手を思いきり振り払って、逃げた。
自分でも驚くほどの大声が出た。
男がひるんだ隙に森林を駆け抜け、傍にあった公園に逃げ込み、ドラム缶の中で肩を震わす。
怖い
男の人は大きくて、汗臭くて
ギラギラしていて
——怖いっ！

先ほどの恐怖が体の中を走った瞬間、優しい瞳があたしを捉えた。
「みう？　どうしたの？　おなかいたいの？」
首を傾げ、手を差し伸べてくれたのは、ドラム缶の奥に隠れていた遙斗だった。
それからあたしたちは、友達と一緒に走ってその場から離れ、互いの家へ帰った。
お父さんもお母さんもいなかった。
二階へ駆け上がり、ベッドの上でブルブル震えるあたしの側に遙斗も座る。
その震えは収まらない。
怖い怖い
男の人は、怖い——

蘇ってくる恐怖と戦うあたしの思考を閉ざすように、遙斗の手があたしの目に宛てがわれる。
目隠しされたまま、遙斗がそっと言ったんだ。
「みう。きょうのこと、ぜんぶわすれて。
これからは、ぼくがみうをまもるから」
って…………。
泣きつかれたあたしは、遙斗の隣で眠りについた。
極度の恐怖と緊張は、遙斗の言葉を信じた。

催眠術にかかるように……

あたしはあの日の出来事を全て忘れて生きてきた。
その事件からあたしは謂われのない噂話を立てられるようになる。
いじめのきっかけはそこにあったこともわからずに。
『美羽ちゃんて可愛いけどさ、でも…』
『えー、可哀想ー』
可哀想という目が、嬉しそうに見えたのはなぜだろう。
噂は、嘘の噂を呼んで。
どれが真実なのか、わからなくなっていく。
それは他人にも、あたしにも同じことだった。
全てを忘れたあたしには、全てが嘘だとしか思えなかった。
今思えば、遙斗が必要以上にあたしのことを心配するのも。
あたしが男の人を怖いと感じるようになったのも。
きっとこの思い出のせいだ。
そして、あたしは嫌なことから逃れるために、記憶を操作するようになる。
その癖のような特性は、きっと、この頃からなんだ———

あたしは、全てを思い出した。
降りかかった過去の記憶、全てを。

「ねぇ。あの男は誰？」
カメラのシャッターを切りながら、男が話しかけてくる。
「彼氏なの？ アイドルが彼氏を作っていいの？」
「……ち、違います。あたしアイドルなんかじゃ……」
不安と恐怖に包まれながらも、あたしはなんとか口を開いた。
「ダメだよね？ 彼氏を作ったら」
けれど、あたしの声は届かない。
ダメだ。
この人は"あたし"ではない架空の人物と話している。

きっとそうだ──
声を、
声を出さなきゃ
誰か………
「助けてぇっ‼」
大声で叫んだ時だった、
「ウミっ‼!」
少し開いた倉庫の重そうな扉が勢いよく開いた。
嘘……
そこに立っていたのは──……
「侑成……」
彼がやってきてくれた。
びっしょりと汗をかいた侑成は、ジャージ姿のままだった。
助けを呼んだのはあたしなのに……
来てくれて嬉しいのに……
「どうして？」
そう声を漏らすと、息を荒げて侑成は言った。
「バカ野郎！　会場についてすぐ、応援に来てくれた駄菓子屋のおばちゃんが俺に言いに来たんだよ！　お前が知らない男の車に乗って、倉庫の方へ行く所を見たって！　あれはウミのお兄さんか？って聞かれて。イヤな予感がして戻ってきたら……」
そう言って、彼があたしの元へ走ってきた。
「大丈夫か？」
彼があたしの顔を覗き込んだ、その時だった。

ガツンと鈍い音がしたと思ったら、侑成があたしの胸元に倒れ込んできた。
「侑成……？」
倒れ込んできた彼の肩を支える。
名前を読んでも、返事はなくて
「侑成……イヤだ、やめてよ」

そう言って揺すると彼は細く目を開けて
「いってえなぁー!」
顔を顰めて、後頭部を押さえた。
「ふざけんなっ!　てめー!」
そして、彼が男に向かっていく。
振り上げた手の長さも、身長も、体格も全て彼の方が小さいのに彼の力は思っていた以上に強くて、男はその場に叩きつけられた。
ドサッと音を立てて、その場に倒れ込んだ男がハッと短く息を吐いた。
蹲(うずくま)る男に侑成がまた、飛びかかろうとするから
「侑成、やめて!　逃げよう!」
彼の元へかけより、腕を持った時だった。
彼の肩越しに、醜くゆがんだ顔が見えた。
ヒッと声を上げた瞬間、男が飛びかかってきた。
侑成は咄嗟にあたしを庇(かば)うように抱きしめる。あたしたちはそのままコンクリートの上に倒れた。
あたしの体の上に侑成の体がある。
あたしは、ガッシリと守られていた。

でも、何か鈍い音が聞こえるたびに、お腹辺(なか)りが重くなる。
その度に侑成は「うっ」と声を漏らした。
男は侑成の背中や頭を殴っていたんだ。
何度も何度も殴られる侑成を抱きしめて。
「やめて、やめてっ!」
悲鳴のような声を出すと、男はにやりと笑って言った。
「こっちに来たら許してあげるよ」
侑成は、殴られ続け意識を失ったのだろう。
侑成の体があたしの右側へとズルズルと落ちていく。
支えたくて、右手に力を込めたけど、意識をなくした侑成の体は重くて、堅くて、簡単に戻すことなんてできない——。
「ほら、おいで」

眼鏡の奥で男が言う。
あたしは怖くて、怖くて。
落ちていく侑成の背中に両手を回し、彼を抱きしめて。
「イヤっ!」
とだけ言った。
「そんなにその男がいいの?」
「侑成……」
男の目は見れなかった。
声も聴きたくなかった。
現実を信じたくなくて、彼の頬に自分の頬を寄せる。
「侑成……起きてよ」
恐怖で震える声で侑成の名を呼ぶと、男は言った。
「なるほど。こいつが悪いんだよね。優奈ちゃんをたぶらかしたコイツが——」
そう言って、男が侑成に目を泳がした。
嫌……
「やめて!」
あたしは、左手で覆うようにして、侑成を抱きしめた。
あたしは彼を
大好きな侑成を守りたかった——
けれどその願いは届かず、男が拳を振り上げた。
次の瞬間、鋭い痛みが左手に走り、それが全身を突き抜けて。
あたしの意識は……
そこで、途絶えた。

2

"ダメ。ダメだよ。"
どこかから声がする。
"このままではダメ。"

誰？
"見て。忘れないで。
このままではまた同じことを繰り返す。
大丈夫、あたしがいる。"
声が聞こえる。
それはあたしの体の中から——。
真っ暗な世界の中に光が見えた。
そこに誰かが立っている。
そこには見たことのないジャージを着た女の人がいる。
目を凝らして息をのんだ。
彼女は、あたしだ。
少しだけ大人になった——あたしだ。

大人っぽい顔つきのあたしは、こちらを見てる。
彼女はゆっくり歩いてくるとあたしの手を取って
"ずっと、見てた"
と言った。
意味がわからない——。
"帰ろう。戻ろう。"
と彼女は言う。
"このままじゃ、ダメ。"
あたしは首を横に振った。
「いや、怖い。戻りたくない。」
涙を零しながら必死に首を振ると、ジャージ姿の彼女は言った。
"わかった、あたしが行く"と。
彼女はあたしを置いて、光へ向かって歩いて行く。
光の中に消えていった彼女がどこへ行ったのか、
あたしには、まだわからない————

＊＊＊＊＊

ずっと見ていた。
雲の上から、落ちてから。
中学生だった自分の体の中に落ちた高校生のあたしは、息をひそめて、小さくなり、彼女のことをずっと見ていた。
同化していたからだろう。
真瀬侑成と出会って彼女が感じた。
いいえ。二年前の自分が知った
喜びと幸せが、そのままあたしの中にも流れ込んできた。
忘れていたと思っていた記憶は、悲しく惨めなものではなかった。
それは、温かで優しい記憶だったんだ———
二年前のあたしは、真瀬侑成と出会って、
初めて、恋をしたんだ。

全てのピースは出そろった。
もう反対を向いた色のないピースを見ることは許されない。
あたしは、真実を知るためにここに来たんだ。
中学生のあたしには酷なことだろう。だからあの頃は目をそむけた。
その気持ちはよくわかる。それは賢明な判断だ。
でも、今のあたしになら できる。
いや、やらなきゃならないと思った。
この世界に、後悔があるから
あたしは死後の世界へいけないのでしょう？
そういうことだよね？
タンポポ……。

この世界へ落としてくれたタンポポを思い出しながら、ぽっかりと開いた光に向かって歩いていく。
あたしが失くした過去の全てを知るために。

光が途切れた時、あたしは倉庫の中にいた。
体は浮いている。あたしは中空からその光景を見下ろしていた。
侑成が倒れている。
その下敷きになるようにして、意識の途切れたあたしがいる。
目を閉じるあたしの上に覆いかぶさっている気を失った侑成を、男が退けた。
ドサと音を立てて、灰色のコンクリートの上に放られた侑成。
彼も目を閉じたままだ。
何が、あったんだろう——。
今から何があるのだろう——。
ここからは完全に誰も知らない過去。
ドクドクと早打つ鼓動、痛む心臓を押さえながら、中空からそれを見ていると、男が動いた。
男はあたしの上に馬乗りになる。
髪を撫で、折れたであろう腕まで撫でると
服の中に手を入れようとした。
あまりにひどい現実に目をそむけようとした時だった。

「美羽っ!!!」
駆け込んできたのは、弟の遥斗だった。
全ての状況を一瞬で察知したのであろう遥斗は、その男を蹴り上げた。
腹の下から蹴り上げられて、吹き飛んだ男はコンクリートの上に倒れ込む。
意識のないあたしの形を変えた左腕に気付いた遥斗の目の色が変わる。
遥斗は、目を覆いたくなるほど、その男をボコボコにした。
ひどくゆがんだ男の腫れ上がった顔面が見えた時、遠くからサイレンの音が聞こえる。
駄菓子屋のおばちゃんが呼んでくれたのかな……

それとも頭のいい弟のこと、警察を呼んでから駆けつけた？
それはパトカーのサイレンの音だった。

まさか、届くとは思わなかった。
三日前、写真の奥から「どこにいる？」
そう聞かれた時に見える風景を伝えた。
男に襲われそうになった時
助けてと、強く念じた。
きっと、その声が
この場所の映像が
あたしのことを探していた
双子の彼に届いたのだろう——。

意識を失ったあたしは、遥斗におぶわれて、帰っていく。
あたしたちが港を出たころ、パトカーが到着し、警官は、傷だらけの侑成を救助し、男は捕まった。
あたしたちは何事もなかったかのように、地元へ戻っていく。

＊＊＊＊＊

あたしが目を覚ました時、そこは、病院だった。
頭がズキズキと痛んでいるのだろう。
頭を押さえようと手を動かすが、左手には、大きなギプスが巻かれ、固定されていて動かせない。
顔面蒼白になったあたしは、ふらふらする体を支えながら、家族を探しに病室を出て行った。
ぼうとした目だ。まだ何があったのか思い出せないのだと思う。
そして、あたしは聞いてしまった。
隣の部屋で先生とお母さんが話している内容を。
「娘さんのことですが、産婦人科の受診をお勧めします」
産婦人科？

……どういうこと？
その時、あたしは思い出したんだ。
男に殴られたあの瞬間を。
意識がなくなったあたしは、あの男に——？
あたしの腕は折られ、
その上、知らない男に汚された？
「イヤっ‼」
そう思ったと同時に、あたしは
自らを、過去を閉ざした。
侑成と過ごしたあの夏の記憶、全てを———失ったんだ。

全てが繋(つな)がった。
閉じ込めていた悲しい記憶は、汚されたと信じてしまった事実だった。
けれど、あたしは何もされてはいなかった。
腕を殴られてすぐ、遥斗が来てくれたから——。
服が乱れていたから、遥斗もわからなかったのだろう。
自分が来る前、何があったのか。
だから、遥斗は何も言わなかった。……言えなかったんだ。

あの事件のせいで、あたしの指は動かなくなったけれど、今は過去を閉ざした理由がわかって、全ての記憶が繋がって。
今は、よかったと思っている。
あたしの左腕は、最後まで大切な侑成を抱きしめていた。
あたしの指は最後まで、愛する人に触れていた。
悲しみと絶望だけで包まれていたと思っていた中三の夏の記憶はたしかに
悲しみと共にあったけれど
あたしはそれ以上に
眩(まぶ)しくて
優しい

誰よりも大切な『侑成』という存在に包み込まれていたんだ——。
彼と過ごした夏の日々が
愛(いと)しくて…
恋しくて…
涙(なみだ)が溢(あふ)れてくる。
その涙は、止まり方を知らない——

ねぇ神様。
もしどこかにいるのなら言わせてよ。
命が途切れる前に、この夏を思い出させるなんて、ひどいよ。
後悔しないために神様が用意してくれた時間なのかもしれないけれど。
でも、それは、初めてあたしの中に後悔の念を生んだ。
あたしはまだ、侑成の側に
真瀬の側に
いたい——
いたかったのに——

ポタリとまた一つ、涙が零れ落ちた。
地上では、サイレンの音が鳴り響く。
空に浮かんでいるあたしの涙が、警察官の帽子に落ち、生地を湿らせていく。
　"もういいの？"
どこかから声が聞こえた。
それは、以前にも聞いたことがある声。それにとてもよく似ている。
響く声に、あたしは耳を澄ませる。
　"本当にいいの？　連れて行っても"
再び声がした方に目をやると。
警察官が立っている駐車場のアスファルトの際に咲いていたタンポポが、あたしを見上げて話しかけてきた。

彼女の声をあたしはもう疑わない。
あたしに過去を見せたタンポポだ。
"今なら、まだ間に合うよ。
あなたは迷い込んだだけだから"
「え……」
どこに？
"生と死の間の世界に"
「……」
"あなたの、望む答えを聞かせて？"
望む答えは
迷うことなく、一つだけだ。
あたしは……
「帰りたい。あの人が待つ、あの場所へ──」
そう声を放つと、身も心も軽くなっていく。
あたしは指先から消えていき、最後は意識も途切れた。
青く蒼い空に
一本の筋が、雲となって流れた。

3

ドスンと体に重みが走る。
次の瞬間、あたしが見たものは
「名瀬……お前……、凄い……ジャンプ力だよ。
だけど……ふざけんな！」
侑成の……
いや、これは、真瀬の……
ゆがめた表情と怒りに満ちた声だった。
あたしの左手は真瀬に握られていて、真瀬の右手と繋がっている。
あたしの体の横を枯葉が次々に落ちていく。
枯葉がジャージをこすった時、あたしはやっと自分の置かれてい

る状況に気付き、思わず、
「なんてとこに返すんだぁ！」と全力でタンポポに突っ込みを入れた。
枯葉がもう一枚、頭の上に乗った。
あたしはそっと目を落とす。
谷底は濃い霧で包まれていて、見えない――。

あぁ……本当に全部、あの時と一緒だ。
谷底へ落ちる前の映像と。
切り立った斜面にいるあたしの手は、真瀬の手と繋がっている。
目に映る彼の腕は伸び、顔つきは男らしくなっていた。
肩幅も広くて、手は大きくて――
あぁ、侑成。
と思った。
「名瀬……絶対、離すなよ」
先ほど聞いていた声よりもずっと低い声が聞こえる。
見上げると彼の額から冷や汗が落ちてくる。
左手で木に掴まり、右手であたしを支える真瀬。
あたしたちの手は互いに滑りやすくなっていて、ズルズルと手が下がっていく。
あたしは静かに彼を見る。
谷底から強風が吹き上がって。
「くそっ」
真瀬の視界を奪う。
「力、入れろ！」
そう言われても左手に力は入らない。
「ごめんね……」
「謝んじゃねー」
「ありがと」
「礼なんて言うな。わかった、もう話すな」
「……」

「絶対、助ける」
見つめると、目があった。
もうすぐ真瀬が痛いくらいの力を加える。
そしてあたしの左手は、形を変えてしまうのだろう。
あぁ……本当にあの時と一緒なんだ。
そして、あたしは、谷底へ落ちる。
そこで、あたしは本当の死を迎えるの？
それならば、
今、伝えなきゃと思った。
彼に感じた二度の想いを
自分の気持ちを――

真瀬が痛いほどの力を加えた。
あたしの小指と薬指が形を変えていく。
あたしの手が真瀬の手から抜け落ちる前にあたしは言った。
「真瀬……好き……だよ」

直接想いが伝えられた。
もうこれで満足だ。
結局、未来は変えられなかったけれど
不思議と心は満たされていた。
ありがとう……真瀬
ありがとう……侑成
会えて、嬉しかった……
あたしの手が真瀬の手から抜け落ちる。
そして、あたしは谷底へ
落ちた。

そう思った
その時、
彼が―――飛んだ。

木を持っていた手を離し、斜面を蹴飛ばし、反発力を付けて。
迷うことなく、あたしに向かって落ちてくる。
下降する彼は、手を伸ばしてあたしを捕まえると後頭部を持って抱きかかえた。
あたしは彼の長い腕の中にすっぽりと納まって。
固い胸に頬があてがわれている。
痛くない
怖くもない
彼に抱きしめられ、安堵(あんど)の息を漏らした瞬間、あたしは激しい音を聞いた。

ザザザザ―――
大きく擦れるような衝撃音を聞きながら、あたしたちは落ちていく。
背中を丸め、あたしを抱く真瀬の表情がどんどん険しくなっていく。
そして、気づいた。
真瀬は斜面に自分の背を付けて、摩擦をかけながら落ちているんだ。ということに。
その衝撃にしばらく耐えると、靄(もや)が晴れて、茶色の地面が見えた。
深い深いと思っていた谷底は、それほど深くはなかったみたいだ。
靄がかかっていて、わからなかっただけ？

地面に落ちたあたしたち。
目の前には、ジャージ色の胸板がある。
あたしはガバっと起き上がった。
「うっ」
下から漏れた声に気付き、あたしは、慌(あわ)てて声を出した。
「侑成っ！」
「……」
「侑成っ!?　死なないで！」

「…………勝手に殺すなよ……」
そう言って、彼がのろのろと起き上がった。
体を起こした彼は、先ほどまで隣にいた彼よりずっと大きくて、肩幅も広くて、トクンと胸が音を立てる。
彼はあたしの肩を持って、見つめて、言った。
「なぁ。侑成って……何?」

あたしの右手には一枚の紙きれ。
それはあの夏にあたしが書いたルーズリーフと同じものだ。
この紙があたしを過去に連れて行ってくれたの?
それとも、過去の君があたしを呼んだの?
わからない。
答えは誰にも、わからないけど。
「ウ、ミ?」
彼の中に、一回り小さい黒髪の少年が見えた。
それは、先ほどまで一緒にいた侑成だ。
中学三年生の彼があたしの瞳にはっきりと映っている。
視界が涙で滲んでいくと、そこに二人の影が見えた。
それは、中学生の侑成と
高校生の真瀬。
あたしは、二人の彼を見つめて言った。
「あたし、今……行ってきた……」
「え」
「全部見てきた。思い出したよ、侑成──」
震えた声を彼に投げかける。
あたしは彼の左頬に右手をあてて。
「大丈夫だった? ごめんね。あたしのせいで」
いっぱいいっぱい、怪我をさせた……
「俺は大丈夫。なんともなかったから。でも、……俺は、ウミのこと……守りきれなくて、ごめん」
ううんと首を横に振る。

手が落ちていく。
すると彼は、あたしのことを真っ直ぐに見つめて、言った。
「次は絶対に守るって、決めてた」
「……」
「何があっても」

迷いなく、谷に向かって飛んだ彼の姿を思い出す。
その姿は
青空の真ん中
夏の真ん中で
飛び上がる彼と重なって、見えた——
何も言えず、ただ涙を流すあたしの頬を包み、指の腹で涙を拭いて、彼が言った。
「ずっと、待ってた」

今にも雨が降り出しそうな黒色の雲が切れて、空が晴れ渡っていく。
あたしは彼の首に手を回し、抱きついた。
彼もそんなあたしを抱きとめてくれた。

4

今、あたしの傍にいるのは、"真瀬侑成"
あたしの知っている高校生の真瀬と、あたしの知っている中学生の侑成を合体させたもの。
当たり前だけど、不思議な感じだ。
二年後の成長した彼の側に、いるなんて……
あたしたちはボロボロになった真瀬の背中を手当してもらうために、担任の先生を探すことにした。
なんとか崖を登り、細道を歩くと、昼食を取った休憩所が見えた。

休憩所では、沢山の生徒が輪になり談笑している。
その中にいた茶髪のパーマをあてた男の子、竜君があたしたちを見て言った。
「真瀬！ おせーよ！ てか、なんで、手、繋(つな)いでんだよ！」
「ほんとだー！ なあちゃーん！ 嘘(うそ)ー！」
傍には口元に手を当てて、驚きを隠しきれない様子の莉子と
「よかったね、名瀬さん」
そう言って優しく微笑(ほほえ)むひかりがいる。
ひかりの隣にいる黒沢君は相変わらず。こちらに全く興味をしめさない。

みんな、真瀬の怪我より、繋いだ手なの？
あたしはクスクスと笑って。
でも、あ。
と思って、繋いでいた手を離した。
「なんでだよ」
そう言って、真瀬が再び手を繋ぐ。
二年前の彼と比べたら、今の真瀬はすごく強引だ。
力も強く、手だって大きい。
背も高くなって、見上げなきゃ、話せない。
そんな彼にまた簡単に恋をしてしまう。
これは中学の頃の彼に抱いた想いの延長かな？
それとも、高校で出会ってから真瀬に恋をした続き？
自分に問いかけて、わかった。
違うって。
今のあたしはその二つが合わさって。
真瀬侑成のことが
とてつもなく、好きだ。

あたしは、みんなには聞こえないように、俯(うつむ)いて言った。
「繋げたら、よかったのに……」

そして、再び手を離す。
「は？　なら繋げばいいだろ、ほら」
そう言って彼が手を差し出した。
どちらかというと真瀬は離したくないみたいに見えた。
あたしはツンと横を向き
「だから！　彼女がいる人と……手は繋げないよ……」
彼女だなんて言いたくもない単語を声に出してしまい、語尾が弱った。
思わせぶりなバカ男。
あたしがいない二年の間に出会った素敵な彼女のことを思うと（スタイル抜群でとても綺麗な年上の女の人という空想の人物が頭に浮かんでいる）
すごく胸が苦しいけど、今は……
彼の傍にいられるだけで十分。
この場所へ帰ってこられたこと。
真瀬と同じ班になれたこと。
隣を歩いている今。
それだけで……十分だ。

もし、奇跡が起きて、
もし、真瀬が彼女にフラれたりなんかして
いつか、また真瀬と恋の続きができる日がくるといいな……
そんな日を夢見ながら、
あたしは真瀬に片想いを続けようと思う。
あたしはきっとこれから先もずっと
真瀬以外、誰も好きになれない気がしていた。
彼が誰を好きでも
あたしは、ずっと
真瀬が好き。

でも今は——

けじめが大切だから。
手は繋げない。
寂しくなっちゃったけど仕方ない。
「えっと……」
話題を変えたくて
何かないかな……と目を動かした時、
彼の指先がスッとあたしの顔の前に伸びてきて。
「彼女、だろ？」
「え」
「ウミが俺の彼女だろ？」
「……」
「俺はそう思ってる」
何を言ってるの？
目が点になるとはこういうことを言うのだろう。
キョトンと彼を見つめていると、真瀬が言葉を続けた。
「約束したろ。会いに行くって」
「……うん」
探しても見つけられなかったけど……
そうボソリと言った後
「……お前は俺が、好きなんだろ?!」
キレ気味に言う。
「う、うん」
「好き同士は付き合うってことになってんだろ?!」
「好き同士？」
「俺はお前のことが、ずっと好きなんだよ！
だから、俺たちは付き合ってんだよ！　二年前から！」

あの時から
ずっと想ってくれていたの？
会えないあたしをずっと待ってくれていた？
中学生の侑成は、高校生になっても

ずっとあたしのことを好きでいてくれたんだ——
目の前にいる真瀬侑成が、愛おしすぎて。
なんて声を出していいのかわからない。
すると彼がそっと言った。
「だから、ウミが……いや、名瀬が。俺の彼女で、いいんだろ……？」
あたしは真っ赤になりながら
「うん。…………嬉しい」

校外学習の休憩所、バックには小さく見えるロッジ風のトイレ。
ムードも何もない場所で放ったあたしたちの声に、皆が聞き耳を立てていたなんて知る由もなかった。
「バカ野郎、ふざけんな！」
「リア充は林でイチャつけ！」
真っ赤な顔をした侑成に向けて、二年生の男子全員から野次が飛んだ。

エピローグ

☆

ウミがいなくなって、二年が経った。
あんなに探し回ったのに、ウミはどこにも見当たらない——
当たり前だ。
俺は彼女のことを何も知らない、住所も学校もそして、本当の名前も。
「侑成ー御飯よー」
「わかったー！　今行くー」
「お兄ちゃん、早くっ！」
「わかったって。苦しい、雨美っ」
俺に最高の幸せを届けてくれた彼女。
たった二週間で俺の鉄壁の心をかっさらっていったウミに会いたい。
俺はその一心で、進学校を音楽科のある高校へと変えた。
この辺りでは一番有名な学校だ。
そこへ行けば、ピアノを愛したウミと会える気がしたから。
荒削りの俺の演奏を評価してくれたおじいちゃん先生のお陰でなんとか合格できたけど、そこにウミはいなかった。
音楽科の練習は厳しく、基礎のない俺はついていけるはずもなく、いつもムシャクシャしていた。
そんな気持ちを抑えつけながら
もしかしたら、途中から編入してくるかもしれない。
二年になったら入ってくるかも……
そんな願いを胸にウミのことを待っていた。
俺にはそんなことしかできない。

でも、転入生が来るなんて噂は立たず、放課後、町を探してもウミは見つけられなかった。

ムシャクシャしていた俺は他校の生徒のケンカを買い、停学処分を受け、来年からは普通科へ行くことになった。
何やってんだよ、俺は……
ウミ、どこにいるんだよ。
誰もいない旧校舎の音楽室で項垂(うなだ)れて、小さく切り取られた窓の外の景色を見ていた時だった。
すぐ隣に立つ新校舎の屋上に、君が現れた。
二年前より長い髪をなびかせて、制服から細く長い手足を出し、風を受けている。
綺麗だと思った。
その横顔は、二年分大人びて、彼女はとても綺麗になった。
君は、スマホを持って。何やら打ちこんで。
しばらくして微笑(ほほえ)んだ。
あの時は、携帯すら持っていなかったのに
今は送る相手がいるんだ──
そう思うと心が穏(おだ)やかに波打ってくる。

ウミは片手を庇(ひさし)にして真っ青な空を見上げる。
腕が君の顔を隠して。俺は──
俺は思わず、いつも持っていた彼女が残したルーズリーフを手に取った。
それを紙飛行機の形に折って、届けと念じて音楽室から飛ばす。
一瞬だけ舞い上がった風に乗って、紙飛行機が君の元へ届いた。
それは、奇跡だと思った。
二年間、俺の手元にあった紙を受けとり、君はゆっくりと広げる。
君は紙に書かれた文字を静かに目で追った後、優しく優しく微笑んだ。
その後、君の周りに女の子が二人、寄ってくる。
ウミはルーズリーフを丁寧に折って、生徒手帳に挟むと
風に流される髪を押さえながら、屋上を後にした。

友達に囲まれて
楽しそうに
幸せそうに
俺の視界から姿を消した——。

もしかして。
と、思っていた。
『あたしも会いに来る』
そう約束したはずの彼女が会いに来ないのは……
今度は、俺のことまでも忘れているのではないか。と薄々思い始めていた。
彼女は悲しい現実に蓋をする癖があったから———
俺は音楽室の壁にもたれて
それならいいや
と思った。
彼女があの夏の事件を思い出さずに済むのなら
今の彼女が幸せなら——
俺のことを忘れていても——
自分が書いた、あの手紙のことを忘れていても——
いいや……と思った。
友達に囲まれて、幸せそうに微笑む彼女の姿が見れて、よかった。
だからこの想いは断ち切ろう。
彼女のために。
そして、叶わない恋に苦しみ続ける俺自身のためにも。

思わず投げてしまった手紙は俺の手元にはもうなくて。
ウミを想って過ごす時間は自然と減ってきた。
もうすぐ忘れられる。
いや、違う。
早く、忘れなきゃいけない……
そう再度決意した、高二の4月。

俺たちは
新しい教室の
隣の席で出会ってしまう。

『夏の真ん中
　君を見つけた
　気づけば君に
　恋をしていた──』

そう置き手紙を残し、去って行った彼女と俺は
再び、出会う──。
そして俺は、
二年後の彼女にまた恋をする。

今までよりも
ずっと
もっと
気づけば君に、恋をしたんだ──。

☆☆

保健の先生に手当をしてもらった。
真瀬の背中の傷はそれほど大したことはなかったらしい。
消毒をした後ガーゼを貼るくらいですんで本当によかったと思う。
それにしても──
「崖のある山に校外学習に行くなんてひどいですよ！」
そう訴えたあたしの言葉に先生から帰って来た返事には、正直驚いた。
「崖って言うほどの高さじゃないわよー！　まぁ、念のため注意

はしたけどね。命にかかわるような高さじゃないってわかってるから、引率の先生方、誰も入口に立ってなかったでしょう？　でも、まさかほんとに落ちる子がいるなんて」
先生はクスクスと笑ってから真瀬の背中をバンと叩いて
「いってー！　先生、なにすんだよ！」
「でも、よくやったね。彼女を助けて偉いぞ」
ウインクした。
なにそれー！
あたしたちには、大変な事件だったのに……（ガックシ）

けれど、あの瞬間、死を覚悟したからこそ。
あたしは過去を思い出したのかもしれない。
そう思うと、あの数秒の出来事がどれだけ貴重な経験だったか、わかる気がする。

そういえば……
テレビで誰かが言ってたっけ？
この世の中には
見えるものと
見えないものがあるって。
きっとあたしは、見えない世界に飛び込んだ。
しゃべるタンポポも
中学生の自分の中に溶け込んだ体も
空に浮かぶ自分自身も
全て。
見えない世界にきっとある、たしかな存在なんだと思っている。

本当はあの映像たちは
死を覚悟したあたしが見た走馬灯だったのかもしれないし。
手紙に導かれるように
過去へ落ちたあたしが消えた夏を経験し、またここへ戻ってきた

のかもしれない。
本当の答えは、誰にもわからない……

＊＊＊＊＊

校外学習を終えたあたしたちは、バスに揺られ学校へと帰って来た。
放課後だった。
他の学年の生徒たちは、部活へ行ったり帰宅したり思い思いに過ごしていた。
バスから降り、担任が「解散」と言った時、隣にいる真瀬が言った。
「名瀬、この後、時間ある？」
「うん」
あたしが頷(うなず)くと、彼は嬉(うれ)しそうに微笑んでから歩き出した。
人の波に逆らうように真瀬は校舎へと戻る。
新校舎の突き当りまで歩くと中庭を通り、旧校舎へ行く。
そう。ここは――……
あたしたちが、秘密を共有した音楽室がある校舎だ。

時間は流れ続けている。
誰もいない旧校舎へ入り、音楽室のドアノブを回す。
今日も誰もいない音楽室で待っていたのは、バッハ、シューベルト、ベートーベン。そして、ショパンにリスト。
見慣れた肖像画だった。
「懐かしいな」
リストの肖像画を見ながら、彼が言った。
そうか。
彼には二年前の話でもあたしにとっては昨日のことのような思い出。
数日前聞いた侑成の音楽が耳に蘇(よみがえ)ってくる。

きっと、今の彼の音楽はもう棘がなく、優しさを含んでいるのだろう。
なぜか、そんな気がした。
真瀬が音楽室の窓を開け、壁に背をつける。
真瀬は、どうしてここへ来たのだろう？

そう思って見つめると彼の瞳が悲しげに揺れた。
「俺、名瀬にちゃんと謝りたくて。ここに来た」
謝る……？
「何、を？」
「ごめんな……俺のせいで……」
彼はそう言葉を零し、視線を落とす。
そこにはあたしの左手があった。
「大切な……指……」
前にもここでこの話をしたっけ？
真瀬ももう一度、ここからやり直したいと思っているの？

5月の蒸し暑い日。
あたしは真瀬に動かない指と記憶を失くした事実を告げた。
彼なら話してもいいよ……と、あたしの中にいる小さなあたしがそう言ったから。
けれどその後、真瀬は険しい顔をしてしまい、会話も少なくなった。

あの時、あたしは真瀬に
気持ち悪いと思われた……
嫌われちゃった……
そう思って泣いてしまったけど、
本当はそうじゃなかったんだね。

真瀬はショックだったんだ。

自分が意識を失ってから何があったのか知らなかったから、驚きが隠せなかった。
「ううん」
あたしは首を横に振る。
あたしは自分の左手の小指と薬指を包んで言った。
「指は動かないけど、もう平気」
「でも……あんなにピアノが好きだったのに」
「いいの」
たしかにこの高校を選んだのは、あたしの未練だ。
いつかこの指が動きだし、ピアノを弾けるようになるんじゃないかと願い続けた中学生のあたしは、志望校を変えることができなかった。
でも、気づいたんだ──
あたしがあれほどピアノを愛していた理由を。
「あたしがピアノばかり弾いていたのは、あたしの友達はピアノだけだったから。ピアノさえあれば、あたしは一人で生きていける気がしたから」
でも、そうじゃなかった。
あたしたちは、沢山の人と隣合わせで生きている。
ピアノだけの世界では、きっと生きてはいけないんだ──
ピアノがなくなった世界であたしはもがいた。
でも、現実はなかなか変わらなくて──
言われない噂話に再び耳を塞ごうとした時だった。
『負けるな！　戦え！』
力強い声が脳裏をかすめた。
誰の声かわからないけれど、その声はハッキリとあたしの耳に届いた。
"味方がいる"
"あたしは、一人じゃない"
そう強く思ったあたしは、声を張り上げて訴えた。
『違う！　あたしは……そんな事してないっ！』

あたしの大声を初めて聞いたクラスメイト達は驚き、言葉を失って、こちらを見る。
その時、教室の片隅に座っていた琴音が言ってくれた。
『信じるよ』
『え?』
『ナナセちゃんがそう言うなら、あたしはナナセちゃんを信じる』
存在感の薄かったあたしの名前を琴音は間違って覚えていたけれど。
琴音があたしを信じてくれて。
あたしも琴音を信じて。
あたしたちは友達になった。
それから、あたしの世界は色付き始めた。
「今は大好きな友達ができたし。それに、真瀬もいてくれるから……平気」
流れ続ける音楽は、いつだって自由で
どんな時でも
あたしをピアニストにしてくれる。
「そっか……」
と彼が呟いた。
いつになく真剣な表情の彼に近づいて、見上げる。
その顔、納得してないな。
そんな真瀬を愛しく思いながら、あたしは言った。
「それにね、今のあたしなら手術ができるの」
「え?」
彼の目が光を捉えた。
「記憶が戻ったら、手術しようって、ずっと前から言われてる」
「手術……」
「そう。病院の先生から。手術はできる。でも、ピアノが弾けなくなった理由がわからなくちゃ、もし術後に何かあった時、苦しみに耐えられないかもしれないから今はやめておこうって言われ

てたんだ。でも、今のあたしなら、手術を受けられる」
全てを受け入れた今のあたしなら何があっても大丈夫だ。
「そっか………よかった……」
彼の目が潤んだ気がした。
「だから……、真瀬、弾いてよ」
「ひかねぇ」
「なんで?」
そっと問うと、彼が答えた。
「名瀬の指が治ったら、一緒に弾きたいから——」
「うんっ!」

目をつぶると、未来が見える。
そこは音楽室。
あたしと真瀬の前には、大好きなピアノ。
譜面台には、過去と未来を繋げたラブレターがある。
柔らかな風に乗って、聞こえだすのは、
あたしの手と、彼の手が奏でるハーモニー。

四つの手で弾くその曲は、
誰もが聞いたことがないほど
自由で、
大らかで
柔らかで——
そして、きっと
優しい愛で、満ちている。

【完】

あとがき

こんにちは。
『気づけば恋だった。』作者の未衣と申します。
この度は本作をお手に取ってくださり、ここまでお付き合いしてくださいまして、ありがとうございます。

『気づけば恋だった。』は書籍化されています『たしかに恋だった。』の次に書いた作品です。
まさか『気づけば恋だった。』まで本になるなんて……と驚きと喜びでいっぱいです。
これも応援してくださる皆様のお陰です。ありがとうございます！

『気づけば恋だった。』は前作『たしかに恋だった。』と繋(つな)がりがあります。
どちらから読んで頂いてもわかるようにしてありますが、もし両方読まれた方で、その繋がりに気付かれたら、すごいですっ！
小さな繋がりですが、よければ探してみてください☆

本作には、いつか書いてみたい……と思っていたものを沢山詰め込みました。

一つは、ピアノです。
ピアノの音色って弾く人によって伝わり方が違うなぁと昔から感じていました。
繊細で豊かな表現をされる演奏を聴くと聞き惚れてしまいます。

主人公二人も、ピアノを弾きます。
小説で音楽を伝えるって、すごく難しくて。
あたしの拙(つたな)い文章力ではなかなか表現できませんでしたが、ずっ

と書きたいと思っていた題材だったので、書いていてすごく楽しかったし、よい勉強になりました。

二つ目は、過去と未来を渡ること。
同じ主人公でも二年前と二年後では別人のようで。
特に男の子の成長部分を書きたいと思っていたので、中学生の侑成と高校生の真瀬の違いを書くのは楽しかったです！

小説を書いていると時間を忘れてのめり込んでしまうのですが、この作品もそうでした。
美羽が感じる想いとか、見えているものとか、少しでも多く皆様に届いてくれていたら嬉しいなぁ……と思います。

最後になりましたが。
書籍化にあたりお世話になりました集英社ピンキー文庫の担当者さまはじめ、本書の発刊に関わってくださる全ての方に心よりお礼申し上げます。
素敵な本にしてくださいまして、ありがとうございました。

そして、何より。連載中から応援してくださった皆様。
本作をお手にとってくださった皆様。
本当に……ありがとうございました。

2015年5月、未衣

★この作品はフィクションです。実在の人物・団体・事件などにはいっさい関係ありません。

ピンキー文庫公式サイト

pinkybunko.shueisha.co.jp

著者・未衣のページ
(**E★**エブリスタ)

★ ファンレターのあて先 ★

〒101-8050　東京都千代田区一ツ橋2-5-10
集英社 ピンキー文庫編集部 気付
未衣先生

気づけば恋だった。

2015年5月27日　第1刷発行

著　者　未衣
発行者　鈴木晴彦
発行所　株式会社集英社
　　　　〒101-8050　東京都千代田区一ツ橋2-5-10
　　　　【編集部】03-3230-6255
　　　　電話【読者係】03-3230-6080
　　　　【販売部】03-3230-6393(書店専用)
印刷所　図書印刷株式会社

★定価はカバーに表示してあります

造本には十分注意しておりますが、乱丁・落丁（本のページ順序の間違いや抜け落ち）の場合はお取り替え致します。購入された書店名を明記して小社読者係宛にお送り下さい。送料は小社負担でお取り替え致します。但し、古書店で購入したものについてはお取り替え出来ません。なお、本書の一部あるいは全部を無断で複写複製することは、法律で認められた場合を除き、著作権の侵害となります。また、業者など、読者本人以外による本書のデジタル化は、いかなる場合でも一切認められませんのでご注意下さい。

©MIE 2015　Printed in Japan
ISBN 978-4-08-660144-3 C0193

たぶん、一生。
恋なんてあたしには、無理。
いつか初恋のカナタ君に会えたら……。
ピュアで一途なラブストーリー‼

桜恋
～君のてのひらに永遠～

miyu

高校に入ったばかりの廣田(ひろた)ほのかは、誰もいない早朝の学校で生徒会長のソータ先輩に出会う。イケメンだけど、ドSな生徒会長に何かと振り回される日々だけど……⁉　そんなほのかが抱くのは初恋のカナタ君への切ない想い。どんなに変わってしまっても、必ず見つける。あの日から時は止まったまま……。

好評発売中　ピンキー文庫

初めて、男の人の泣き顔を見ました。

たしかに恋だった。
Twinkle Love

未衣

心臓病の母を助けてくれた謎の青年。病棟前で泣いていた彼・麻斗と翼は次第に惹かれ合うが…。眩しく切ない気持ち。これは初恋？ セブンティーン携帯小説グランプリ準グランプリ受賞のピュアラブ感動作!!

ずっとずっと、一緒にいたい。

たしかに恋だった。
Dearest Love

未衣

翼と麻斗はやがて一緒の時間を重ねるように。夏祭り、花火大会、バスケットコート、そしてお互いの母が入院する病院へ…。ある日二人を切り裂く事件が…。あなたの笑顔を、幸せを、ずっと祈り続けています…。

好評発売中　ピンキー文庫

「…秘密を、つくろうか」
彼からの、突然のキス——。
ミコと牧瀬の甘酸っぱい胸きゅんラブは、
やがて周囲も巻き込んで…!?

君と私の関係図
キス。のち秘め恋。

睡蓮華

彼と共有した時間は、長い。高校は違うけど、同じ電車、同じ車両に乗るようになった。通学電車で向かい合って座っているだけの関係……それ以外、もう接点はないと思ってたのに…!　車内での突然のキスは、彼と私の関係図がどんどん変わってゆく合図!?　セブンティーン携帯小説グランプリ「ピンキー文庫賞」受賞作!

好評発売中　ピンキー文庫

君と私から、彼氏と彼女へ——
牧瀬との胸きゅんラブに
ミコの心臓はパニック寸前!
ジリジリ★ドキドキなピュアLOVE!

彼氏と彼女の関係図

睡蓮華

いろいろな障壁を乗り越えて付き合いはじめたミコと牧瀬。でも、6ヵ月たった今も関係はキスどまり、平行線を辿ったまま。そんな折、バイト先で「元カノ」と話している牧瀬をミコの兄が目撃…? ミコは牧瀬の家に誘われ、ついに「彼氏の家に二人きり」のシチュエーションを迎えるけれど…!?

好評発売中 ピンキー文庫

「ひとめぼれしたんだ！ 結婚してよ」
人なつこいワンコのような男子・矢上くん。
ずっと君を見て、いつも笑っていたい！
キラキラのBMX青春LOVE！

女神バイシクル

明日成ぐな

怪我で大好きなバスケを諦めざるをえなくなったリコ。意気消沈するリコに話しかけてきた人なつこい男子・矢上くん。彼は実は自転車競技BMXの世界的選手であることが判明。押しの強い矢上くんに翻弄されているうちに、リコは次第にBMXの世界の面白さに気づく。そして、熱くて攻撃的な矢上くんのプレイスタイルと、矢上くん自身にも惹かれていって…！

好評発売中　ピンキー文庫

さがしもの…みている…
リカちゃんのおまじない
伝染ル。腐臭――。
あなたの日常をホラーに変える全5編！

伝染ル
うつル

みくるやみっき

大好きな彼との記念日に可愛く撮れる「プリントスタジオ」で写真を撮りたい…！　女子高生・えれなのたったそれだけの小さな願いはどんどんねじれて呪いの輪のなかに入り込んで…!?　表題作「伝染ル」ほか、呪われた電話番号に姉弟が翻弄される「さがしもの」、交通事故現場を見てしまったことで恐怖がつきまとう「腐臭」など、全5編のホラー作品を収録。

好評発売中　ピンキー文庫

E★エブリスタ estar.jp

「E★エブリスタ」(呼称:エブリスタ)は、
日本最大級の
小説・コミック投稿コミュニティです。

E★エブリスタ**3**つのポイント

1. 小説・コミックなど200万以上の投稿作品が読める！
2. 書籍化作品も続々登場中！話題の作品をどこよりも早く読める！
3. あなたも気軽に投稿できる！

E★エブリスタは携帯電話・スマートフォン・PCからご利用頂けます。

『気づけば恋だった。』
原作もE★エブリスタで読めます！

◆小説・コミック投稿コミュニティ「E★エブリスタ」
(携帯電話・スマートフォン・PCから)

http://estar.jp

携帯・スマートフォンから簡単アクセス！

スマートフォン向け「E★エブリスタ」アプリ

ドコモ dメニュー⇒サービス一覧⇒楽しむ⇒E★エブリスタ
Google Play⇒検索「エブリスタ」⇒小説・コミックE★エブリスタ
iPhone App Store⇒検索「エブリスタ」⇒書籍・コミックE★エブリスタ

※E★エブリスタは株式会社エブリスタが運営する小説・コミック投稿コミュニティです。